LA BIBLE DE LA REPARTIE

ISBN : 978-2-412-06191-6
Dépôt légal : mars 2021
Imprimé en France par NORMANDIE ROTO S.A.S. (2100865)

Couverture : Guillaume Lab
Illustrations : Freepik
Mise en pages intérieure : Claude Combacau
Préparation de copies : Marjorie Poitte

Éditions First, un département d'Édi8
92, avenue de France
75 013 Paris – France
Tél. : 01 44 16 09 00
Fax : 01 44 16 09 01
E-mail : firstinfo@efirst.com
Site Internet : www.editionsfirst.fr

Frédéric Pouhier
Susie Jouffa

LA BIBLE DE LA REPARTIE

1 001 punchlines hilarantes pour avoir le dernier mot

FIRST
ÉDITIONS

SOMMAIRE

INTRODUCTION

Voici le livre, que dis-je, le livre ? Le grimoire, l'encyclopédie... qui va enfin vous permettre d'avoir toutes les réponses à toutes les questions du quotidien.

Cette Bible de la repartie est le fruit d'un travail de 50 ans, basé sur les dernières recherches relatives aux fonctions cognitives et comportementales, ainsi que sur les neurosciences. Une équipe de chercheurs et chercheuses internationaux ont travaillé d'arrache-pied durant des années rien que pour vous faciliter la vie.

Grâce à leur dévouement et à leurs travaux, vous pourrez répondre du tac au tac à toutes les interrogations de votre mari, épouse, enfant, ado, grands-parents, professeur, patron et autres emmerdeurs en tous genres qui nous pourrissent la vie en nous posant toutes sortes de questions à la con.

Grâce à cet ouvrage, vous n'aurez plus aucune excuse pour être pris de court et n'aurez plus aucune raison de manquer de repartie.

Alors, quand votre libraire vous demandera :
« Vous le prenez ou pas ce livre ? », vous lui répondrez :

⇨ Oui, bien sûr.

➡ Je vais même en prendre deux, au cas où.

⇨ Non, mettez-m'en trois, je vais en offrir à ma famille.

➡ Allez, donnez-moi tout votre stock !

Mais non, nous ne cherchons en aucun cas à vous manipuler...
Qu'allez-vous vous imaginer ?

F.P.

TOUTES LES RÉPONSES À TOUTES LES QUESTIONS... DE COUPLE

« Après trente ans passés à étudier la psychologie féminine, je n'ai toujours pas trouvé de réponse à la grande question : que veulent-elles au juste ? »

Sigmund Freud

VOTRE FEMME VOUS DEMANDE QUI EST CETTE MARIE QUI VOUS A ENVOYÉ UN SMS.

QUE LUI RÉPONDRE ?

➡ C'est probablement un spam... pour un site échangiste... qui porte mon prénom.

⇨ C'est une collègue dyslexique du bureau qui, au lieu d'écrire : « N'oublie pas de préparer le PowerPoint sur l'exercice comptable 2019/2020 » a écrit : « Je suis nue, chaude et en feu. Je t'attends, mon bel étalon. »

➡ Attends que je vérifie... Oh zut ! Mon portable est tombé sur le carrelage et ne s'allume plus.
Comme c'est dommage !

⇨ Qui est Marie ? Euh, je pensais pas devoir t'apprendre un truc comme ça... En fait, c'est la mère de Jésus, une vierge de Palestine morte il y a à peu près deux mille ans. Maintenant, parlons d'autre chose, tu veux bien ?

➡ C'est ma sœur... cachée. Je ne voulais pas t'ennuyer avec mes histoires de famille.

VOTRE PETITE-AMIE MENACE DE VOUS QUITTER SI VOUS CONTINUEZ À SORTIR LE SOIR AVEC VOS COPAINS.

QUE LUI RÉPONDRE ?

⇨ Alors, si je sors avec mes amis ce soir, je suis célibataire ? C'est bien ça ? Il est où, le piège ?!

➡ T'abuses ! Je ne suis sorti qu'un soir avec eux, cette semaine. Bon, OK, on n'est que mardi.

⇨ Mes amis sont comme ma deuxième famille. M'empêcherais-tu de voir ma famille ?

➡ Oh non ! Ce soir, c'est notre traditionnelle soirée poker-whisky. Un peu de respect pour les rites ancestraux !

⇨ T'es dure ! On a passé une soirée ensemble, tous les deux... il y a trois semaines !

VOTRE FEMME VOUS DEMANDE CE QUE VOUS PRÉFÉREZ CHEZ ELLE, SA BEAUTÉ OU SON INTELLIGENCE.

QUE LUI RÉPONDRE ?

➡ Ton sens de l'humour.

⇨ Impossible de répondre à ta question... C'est comme de devoir choisir entre son père et sa mère.

➡ Tes seins, sans hésiter ! Euh... et ton intelligence aussi, bien sûr !

⇨ Ni l'un ni l'autre. Je t'aime comme tu es.

➡ Je sens que c'est une question piège...

VOTRE MARI VOUS DEMANDE SI VOUS AIMERIEZ PARTIR VIVRE À LA CAMPAGNE.

QUE LUI RÉPONDRE ?

⇨ Tant qu'il y a des magasins, des restaurants, des bars, des musées et mes amis, pourquoi pas.

➡ Pour n'avoir comme compagnie qu'un âne et toi ? Non merci !

⇨ Et quitter mes amis et mes amants ? Non merci !

➡ Tu me prends pour une candidate de *L'amour est dans le pré* ?

⇨ Impossible ! J'ai besoin de pollution pour pouvoir respirer.

VOTRE COPINE VOUS DEMANDE À QUELLE HEURE VOUS VOUS ÊTES COUCHÉ CETTE NUIT.

QUE LUI RÉPONDRE ?

➡ Je me suis couché à 5 grammes du matin.

⇨ Je suis rentré tôt, mais tu étais déjà endormie.

➡ J'ai raccompagné Linda, je veux dire... Lindavic... Ludovic, vers 3 heures.

⇨ Quand je suis rentré, il était minuit... à Moscou.

➡ Mais, chérie, tu perds la mémoire, je ne suis pas sorti, hier.

VOTRE FEMME VOUS DEMANDE DE FAIRE LE MÉNAGE.

QUE LUI RÉPONDRE ?

⇨ Mais on l'a déjà fait il y a un mois !

➡ On dit une « femme de ménage », pas un « homme de ménage ». Et tu sais bien que la langue française a toujours raison.

⇨ Il faudrait avoir une autre femme à la maison pour faire un ménage à trois. Ça irait beaucoup plus vite.

➡ Je suis nul en ménage, tu es bien plus douée que moi.

⇨ Ça ne serait pas plus simple de déménager dans un appartement propre ?

VOTRE MARI VOUS DIT QU'IL N'A PLUS UNE SEULE CHEMISE DE REPASSÉE.

QUE LUI RÉPONDRE ?

➡ Comment ça se fait ? Les elfes magiques qui, la nuit, entrent dans le dressing et repassent tes chemises, auraient-ils été victimes d'un terrible sortilège ?

⇨ Maintenant que tu es un grand garçon de 40 ans et que tu ne vis plus chez ta maman depuis 15 ans, je pense que tu as l'âge de repasser tes chemises tout seul.

➡ Mets ton T-shirt Mickey, personne ne dira rien à ta banque.

⇨ De toute façon, tes chemises te boudinent.

➡ Tu es allergique à l'amidon ?

VOTRE FEMME VOUS DEMANDE DE LUI PRÊTER VOTRE PORTABLE.

QUE LUI RÉPONDRE ?

⇨ Laisse-moi juste le temps d'effacer quelques textos compromettants.

➡ Il y a une cabine téléphonique à moins d'une demi-heure de route, je te prête ma voiture.

⇨ Je me le suis fait voler.

➡ C'est bête, je n'ai plus de batterie, ni de chargeur, ni de prise électrique.

⇨ Pourquoi ? Qu'est-ce que j'ai fait ? Non, je ne suis pas sur la défensive.

VOTRE FEMME VOUS DEMANDE QUELLE EST LA PARTIE DE SON CORPS QUE VOUS PRÉFÉREZ.

QUE LUI RÉPONDRE ?

➡ Ta personnalité, ma chérie.

⇨ Le lobe de ton oreille droite. Celui de gauche est moins bien.

➡ Tes fesses. Enfin, tes fesses quand je t'ai connue, il y a 15 ans.

⇨ Tout, ma chérie. Enfin, tout sauf tes pieds, tes cuisses, tes fesses, ton ventre, tes seins...

➡ J'aime tes yeux, ils me permettent d'y voir mon reflet lorsque je les regarde.

VOTRE PETITE AMIE VOUS DEMANDE CE QUE VOUS ATTENDEZ D'UNE RELATION DE COUPLE.

QUE LUI RÉPONDRE ?

⇨ Ne pas galérer chaque fin de semaine pour trouver une partenaire sexuelle.

➡ Avoir le frigo plein et du linge propre.

⇨ Quelqu'un avec un plus gros salaire que le mien pour m'entretenir.

➡ Je n'attends rien de spécial. La preuve, on est ensemble.

⇨ Pouvoir péter au lit avec une jeune femme sans en être gêné. Je sais, je suis un grand romantique.

VOTRE FEMME VOUS DEMANDE DE SORTIR LE CHIEN ALORS QU'IL PLEUT À VERSE.

QUE LUI RÉPONDRE ?

➡ Il n'a qu'à apprendre à utiliser les toilettes, s'il est aussi intelligent que tu le dis.

⇨ Il est déjà sorti avant-hier !

➡ Il ne veut pas sortir, il gratte juste la porte parce qu'il la trouve jolie.

⇨ Le chien va courir après toutes les chiennes du quartier, alors que toi, tu me l'interdis. Il faudrait être logique à un moment donné !

➡ Je t'avais dit que j'aurais préféré un chat !

VOTRE COPINE VOUS DEMANDE POURQUOI VOUS AVEZ ROMPU AVEC VOTRE EX.

QUE LUI RÉPONDRE ?

⇨ Elle posait trop de questions.

➡ Je n'ai pas rompu, elle a eu un dramatique accident à cause des freins de sa voiture qui ont lâché, le jour où elle a voulu me quitter.

⇨ Elle m'a trompé. Ah non, attends, c'est moi qui l'ai trompée.

➡ Parce que j'ai rencontré la plus belle femme du monde, celle avec qui je voulais faire ma vie... Mais ce n'était pas réciproque. Du coup, plus tard, je suis sorti avec toi..

⇨ Elle disait « chocolatine » au lieu de « pain au chocolat ».

VOTRE FEMME VOUS DEMANDE SI UNE FOIS VEUF, VOUS VOUS REMARIEREZ.

QUE LUI RÉPONDRE ?

➡ Ah non, je ne vais pas faire la même bêtise deux fois !

⇨ Non, Marion est contre le mariage… Oups !

➡ Ça dépend. Dans combien de temps as-tu l'intention de mourir ?

⇨ C'est comme de demander à un homme qui sort de prison s'il veut à nouveau y entrer.

➡ Oui, mais juste pour emmerder les enfants.

VOTRE MARI VOUS DEMANDE QUEL EST VOTRE PLUS GRAND RÊVE.

QUE LUI RÉPONDRE ?

⇨ Épouser un vieux milliardaire en fin de vie.

➡ Plaquer homme et enfants pour refaire ma vie. Pourquoi est-ce que tu boudes ?

⇨ J'ai des goûts simples, je t'ai épousé.

➡ Faire le tour du monde à cloche-pied. Je ne critique pas tes rêves, alors ne critique pas les miens !

⇨ Que tu m'achètes une rivière de diamants. Maintenant, tu sais ce qui te reste à faire !

VOTRE FEMME VOUS DEMANDE DE L'EMMENER À L'OPÉRA.

QUE LUI RÉPONDRE ?

➡ Si je veux voir une grosse femme hurler pendant trois heures, je préfère aller dîner chez ta mère, ça coûte moins cher.

⇨ Opéra ? La station de métro ?

➡ Pour y voir quel film ?

⇨ Je pensais, vu la poussière dans l'appartement, que tu n'aimais pas les ballets.

➡ Pour une fois que tu as envie de Bizet !

VOTRE FEMME VOUS DEMANDE QUEL EST LE PRÉNOM DE LA PREMIÈRE FILLE QUE VOUS AVEZ EMBRASSÉE.

QUE LUI RÉPONDRE ?

⇨ J'étais ivre mort. Comment veux-tu que je m'en souvienne ?

➡ Père Martin, le curé de la paroisse.

⇨ Raymonde. Ne rigole pas, elle avait un prénom affreux, mais elle était très jolie... pour son âge.

➡ Ouf ! J'ai eu peur que tu me demandes le prénom de la dernière !

⇨ C'était à l'école maternelle... J'avais 5 ans, elle, 4. J'ai toujours préféré les femmes plus jeunes.

UNE JOLIE JEUNE FEMME VOUS PROPOSE DE VOUS OFFRIR UN VERRE.

QUE LUI RÉPONDRE ?

➡ Bah, il faut lui répondre « oui », gros bêta ! Vous avez vraiment besoin qu'un livre vous aide à répondre à cette question évidente ?

⇨ Mais non, prendre un verre avec une jeune femme, ce n'est pas tromper votre épouse.

➡ Bon, pas de chance, votre femme vient de vous surprendre en terrasse avec elle, main dans la main.

⇨ Vous venez de divorcer, vous avez perdu votre maison, vos enfants et votre femme, tout ça pour un verre avec une belle inconnue !

➡ Nous vous avions pourtant conseillé de dire « non » !

VOTRE FEMME VOUS DEMANDE SI C'EST VOUS QUI AVEZ LAISSÉ UNE GOUTTE SUR LA LUNETTE DES TOILETTES.

QUE LUI RÉPONDRE ?

⇨ Je pense que c'est un cambrioleur avec des problèmes de prostate.

➡ C'est le chat. Il ne va plus dans sa litière, mais directement sur le trône.

⇨ Tu as goûté ? Alors comment peux-tu m'accuser sans preuve ?

➡ Ce n'est pas parce que je suis le seul homme à la maison que je suis forcément le coupable.

⇨ Si ça se trouve, il y a un dégât des eaux dans l'appartement du dessus.

VOTRE EX VOUS ENVOIE UN SMS : « TU NE RETROUVERAS JAMAIS UN MEC COMME MOI. »

QUE LUI RÉPONDRE ?

➡ C'est bien ça, le programme !

⇨ Merci de patienter. Le contact que vous souhaitez joindre cherche ce qu'elle peut bien en avoir à foutre.

➡ Tu te souviens quand tu m'as fait atteindre l'orgasme ? Moi non plus.

⇨ Désolé, je ne reçois pas tes textos.

➡ Tu es comme l'année 2020 : personne ne va te regretter.

VOTRE FEMME VOUS RÉVEILLE EN PLEINE NUIT POUR VOUS DEMANDER SI VOUS DORMEZ.

QUE LUI RÉPONDRE ?

⇨ Non, je faisais semblant de ronfler.

➡ J'espère que c'est pour baiser !

⇨ Qu'est-ce qu'il y a, Amandine ? Martine, pardon. Justement, je rêvais de toi.

➡ J'espère que c'est pour m'annoncer une bonne nouvelle, comme le décès de ta mère !

⇨ Il y a des gens qui ont un vrai travail, chérie, et qui ont donc vraiment besoin de sommeil !

VOTRE FEMME VOUS DIT QUE VOUS ÊTES IMMATURE.

QUE LUI RÉPONDRE ?

➡ C'est celui qui le dit qui l'est.

⇨ Puisque c'est ça, je disparais grâce à ma cape d'invisibilité !

➡ Je vais le dire à ma mère !

⇨ Pouce ! Je suis dans mon camp.

➡ Retire ça ou je boude !

VOTRE FEMME VOUS DEMANDE D'ORGANISER UN WEEK-END ROMANTIQUE.

QUE LUI RÉPONDRE ?

⇨ Ça tombe bien, j'ai deux places pour le match du PSG à Auxerre. Je réserve l'hôtel Formule 1 à côté du stade ?

➡ Je connais un Relais & Châteaux romantique, parfait pour les amoureux, où je me suis rendu avec... avec... mon collègue Robert.

⇨ OK, tant que l'hôtel a Netflix.

➡ On est déjà partis en week-end dans ma famille il y a un mois !

⇨ Je n'y connais rien en romantisme, je suis un homme !

VOTRE FEMME VEUT DÉMÉNAGER DANS UN PLUS GRAND APPARTEMENT.

QUE LUI RÉPONDRE ?

➡ Qui dit plus de surface, dit plus de ménage.

⇨ Bonne idée ! Déménageons dans un appartement magique que l'on pourra acheter avec de l'argent imaginaire.

➡ Ne me dis pas que tu es encore enceinte ?

⇨ Qui dit maison plus grande, dit chambre d'ami, dit la belle-mère qui reste dormir. Donc, c'est non.

➡ Arrête de regarder les émissions de Stéphane Plaza, ça te donne des idées à la con.

VOTRE FEMME VOUS DEMANDE CE QUE VOUS VOULEZ COMME CADEAU POUR NOËL.

QUE LUI RÉPONDRE ?

⇨ Que tes parents aient un empêchement et ne puissent pas débarquer à la maison.

➡ Je veux retrouver une âme d'enfant.

⇨ Tu veux dire... sexuellement ?

➡ Je t'ai fait une petite liste d'une dizaine de pages par ordre alphabétique. Alors « A » comme Apple Watch, « B » comme Bentley...

⇨ Je suis comblé, je t'ai dans ma vie. Mais je t'ai quand même fait une petite liste d'une dizaine de pages par ordre alphabétique. Alors « A » comme Apple Watch, « B » comme Bentley...

VOTRE FEMME VOUS DEMANDE CE QUE VOUS AVEZ PRÉVU POUR LA SAINT-VALENTIN.

QUE LUI RÉPONDRE ?

➡ Pourquoi ? Je ne m'appelle pas Valentin.

⇨ C'est la fête de l'amour. Rien à voir avec nous deux.

➡ Boire un verre avec mes potes. Et toi ?

⇨ C'est une fête commerciale inventée par le lobby des fleuristes-francs-maçons-Illuminati... Je refuse de participer à ce complot planétaire visant à asservir les hommes en couple et à déprimer les célibataires. (Classique mais efficace, admettez !)

➡ J'ai prévu plein de choses, tu vas être émerveillée ! Rappelle-moi juste la date de la Saint-Valentin, déjà ?

VOTRE FEMME VOUS DEMANDE POURQUOI VOUS N'ÊTES JAMAIS DE SON CÔTÉ.

QUE LUI RÉPONDRE ?

⇨ Si j'étais d'accord avec toi, chérie, nous aurions tous les deux tort.

➡ Nous sommes comme le yin et le yang : moi, la lumière, et toi, les ténèbres de la pensée.

⇨ C'est faux, souviens-toi le 22 mars 2002 : j'ai dit que j'étais d'accord avec toi.

➡ Ça prouve que je t'écoute.

⇨ Non, c'est faux.

VOTRE FEMME VOUS DEMANDE DE LUI APPORTER LE PETIT DÉJEUNER AU LIT.

QUE LUI RÉPONDRE ?

➡ C'est idiot, on a une cuisine.

⇨ Tiens, voilà du café, il ne te reste plus qu'à le moudre.

➡ Tu veux jouer à un jeu sexuel ? Je suis le serveur, et toi, la cliente ? Non, tu veux juste le petit déjeuner, OK.

⇨ Un petit déjeuner continental ou anglo-saxon ?

➡ Tu vas encore mettre des miettes de pain dans le lit !

VOTRE FEMME VOUS PROPOSE DE REGARDER UNE COMÉDIE ROMANTIQUE À LA TÉLÉVISION.

QUE LUI RÉPONDRE ?

⇨ Je suis allergique aux bons sentiments.

➡ Ce n'est pas marqué Meg Ryan sur mon front.

⇨ OK, il y a Rambo III qui passe sur la TNT.

➡ Attention, spoiler : à la fin, ils se marient. C'est bon, je peux regarder le foot maintenant ?

⇨ Tu vas encore vider plus de boîtes de Kleenex qu'un ado dans sa chambre devant son ordinateur.

VOTRE FEMME VOUS DEMANDE POURQUOI VOUS ÊTES RENTRÉ IVRE MORT HIER SOIR.

QUE LUI RÉPONDRE ?

➡ Je fêtais le Jour de l'an... Si, c'était le Jour de l'an, sur Pluton.

⇨ Je bois pour oublier, chérie, et après, j'oublie pourquoi je bois.

➡ Ce n'est pas ma faute si je ne supporte pas l'alcool. Il suffit de trois bouteilles de vin pour que je sois ivre.

⇨ J'ai bien trop mal à la tête pour te répondre. Repose-moi la question demain.

➡ La bonne nouvelle, c'est que je ne t'ai pas trompée. Merci qui ?

VOTRE FEMME VOUS DEMANDE DE PASSER L'ASPIRATEUR.

QUE LUI RÉPONDRE ?

⇨ Je suis comme le chat : cet appareil diabolique me fait peur.

➡ La poussière m'aide à m'endormir. Le soir, je compte les moutons.

⇨ Il est écrit dans la Bible : « Tu es poussière et tu retourneras poussière. » Je n'ai aucune envie d'aspirer mes ancêtres.

➡ Et si nous accrochions des lingettes nettoyantes au ventre du bébé pendant qu'il marche à quatre pattes ?

⇨ J'aspire à d'autres activités.

VOTRE MARI VOUS DEMANDE SI VOUS AIMERIEZ QU'IL AIT DES TABLETTES DE CHOCOLAT.

QUE LUI RÉPONDRE ?

➡ Il y a autant de chance que tu arrives un jour à avoir des abdos que moi de coucher avec Ryan Gosling.

⇨ Tu sais, j'aime bien ta mousse au chocolat.

➡ Tu n'y arriveras jamais. Le plus simple, pour moi, c'est de changer de mec.

⇨ Tu sais que ça implique de lever les fesses du canapé et de faire du sport ?

➡ Non, un corps de rêve ne serait pas du tout raccord avec ton visage banal.

VOTRE FEMME VOUS DEMANDE POURQUOI VOUS AVEZ UNE APPLI DE RENCONTRE SUR VOTRE TÉLÉPHONE.

QUE LUI RÉPONDRE ?

⇨ Ce n'est pas pour moi, c'est pour un collègue qui l'utilise sur mon téléphone parce que sa femme est jalouse. Pas comme toi.

➡ C'est une appli de rencontre ? Je pensais que « Allô Escort », c'était comme Uber, mais qu'avec des Ford Escort.

⇨ Je n'ai jamais téléchargé cette appli, c'est un complot des services secrets chinois… ou russes.

➡ C'est pour vérifier que notre fille ne s'inscrit pas sur ce genre de sites honteux !

⇨ Et toi, explique-moi pourquoi cette appli vient de me proposer ton profil ?

VOTRE MARI VOUS DEMANDE SI LA BARBE LUI IRAIT BIEN.

QUE LUI RÉPONDRE ?

➡ Tout ce qui peut, un tant soit peu, te cacher le visage est une bonne chose.

⇨ Tu es imberbe ! Ça va être aussi clairsemé et moche que sur le visage de Lorànt Deutsch.

➡ Avec le port du masque obligatoire, on ne verra pas la différence.

⇨ Si tu fais ça, j'arrête de m'épiler.

➡ Tu ne postulerais pas à un emploi de kamikaze chez Daesh, par hasard ?

VOTRE FEMME VOUS DEMANDE SI VOUS LA TROUVEZ ENCORE BELLE.

QUE LUI RÉPONDRE ?

⇨ Bien sûr, même si j'ai déjà vu des meurtres plus faciles à maquiller que toi.

➡ Tu es aussi belle qu'au premier jour. Rien à voir avec ta question, mais rappelle-moi quand j'ai mon rendez-vous chez l'ophtalmo, ça devient urgent.

⇨ Les mois n'ont pas de prise sur toi. Par contre, les années...

➡ Non, mais c'est ma faute. J'aurais dû savoir à quoi tu ressemblerais le jour où j'ai vu ta mère.

⇨ Tu es comme une rose. Non, mauvais exemple, elles aussi fanent et flétrissent.

VOTRE FEMME VOUS DEMANDE SI, PAR HASARD, VOUS N'AURIEZ PAS OUBLIÉ VOTRE ANNIVERSAIRE DE MARIAGE.

QUE LUI RÉPONDRE ?

➡ Pourquoi, c'est aujourd'hui ? Ha ha ha, je plaisante ! Bien sûr que je le sais. Je t'ai même acheté un cadeau, il est dans la voiture. Je reviens dans une heure.

⇨ Déjà un an de plus ? Le problème, c'est qu'avec toi, mon amour, je ne vois pas le temps passer.

➡ Comme cadeau, je vais faire la vaisselle.

⇨ Je t'offre une nuit d'amour avec un bel étalon. Comment ça, « comment il s'appelle ? » ?!

➡ Le médecin a diagnostiqué, chez moi, une maladie très rare. Je ne retiens jamais les dates qui ne sont pas importantes.

VOTRE FEMME, QUI SORT DE CHEZ LE COIFFEUR, VOUS DEMANDE SI VOUS AIMEZ SA NOUVELLE COUPE.

QUE LUI RÉPONDRE ?

⇨ Nouvelle coupe ? Tu es sûre ?

➡ Mais qui êtes-vous, jeune et belle demoiselle ? Je ne peux pas vous parler, ma femme est très jalouse.

⇨ La prochaine fois, va chez le toiletteur, tu en auras pour moins cher.

➡ Je suis sûr qu'en province, ça peut plaire.

⇨ On dirait Rachel dans *Friends*, mais avec le visage de Capitaine Marleau.

VOTRE FEMME VOUS REPROCHE VOTRE PROPENSION À PROCRASTINER.

QUE LUI RÉPONDRE ?

➡ Je te répondrai demain.

⇨ C'est bien, tu as appris un nouveau mot.

➡ Tu m'as toujours dit que je ne savais rien faire de mes deux mains.

⇨ Dans « procrastiner », il y a le mot « pro ».

➡ Tu dis ça parce qu'il y a une bétonnière devant notre demi-mur depuis six mois ?

VOTRE FEMME VOUS PROPOSE DE FAIRE UN PETIT RÉGIME AVEC ELLE.

QUE LUI RÉPONDRE ?

⇨ Pourquoi moi ? Je ne suis pas gros.

➡ Je suis contre tous les régimes ! Le régime sans sel, le régime « Comme j'aime », le régime syrien...

⇨ Dans « poignée d'amour », il y a le mot « amour ».

➡ Ça existe, un régime à base de pizza ?

⇨ J'ai lu un article où il était écrit que les hommes bedonnants étaient sexy.

VOTRE FEMME VOUS REPROCHE DE NE PAS LUI OFFRIR DE FLEURS.

QUE LUI RÉPONDRE ?

➡ Les roses pâlissent quand elles découvrent ta beauté.

⇨ Et le persil que j'ai acheté au marché, c'est pas des fleurs, peut-être ?

➡ Je ne savais pas que tu n'avais pas les moyens de t'en acheter.

⇨ Les fleurs, c'est périssable. La bière aussi, mais moins.

➡ Je passe par le cimetière en récupérer sur une tombe.

VOTRE FEMME VOUS DEMANDE DE REFAIRE LES PEINTURES DE L'APPARTEMENT.

QUE LUI RÉPONDRE ?

⇨ Attends un peu, je suis persuadé que le orange va revenir à la mode, un jour.

➡ Je te rappelle que je ne suis pas Michel-Ange !

⇨ Toi, tu as encore regardé une émission de déco.

➡ Pourquoi ? C'est joli, la peinture qui s'écaille. En plus, le bébé adore la manger.

⇨ Encore ? On l'a déjà fait il y a 20 ans !

VOTRE PETITE AMIE VOUS ANNONCE QU'ELLE EST ENCEINTE.

QUE LUI RÉPONDRE ?

➡ C'est un garçon, une fille ou une blague ?

⇨ Je ne peux pas être père, je n'arrive même pas à garder en vie une plante verte !

➡ Je t'en supplie, dis-moi que tu m'as trompé.

⇨ J'ai déjà un prénom, on l'appellera : « Avortement ».

➡ C'est le plus beau jour de ma vie... Enfin, le deuxième, après le Noël de l'année 2007 où j'ai eu une PlayStation 3.

VOTRE FEMME VOUS AVOUE S'ÊTRE FAIT DRAGUER AU BUREAU PAR UN COLLÈGUE.

QUE LUI RÉPONDRE ?

⇨ Par ton boss, j'espère. Si c'est par un stagiaire, ça ne sert à rien !

➡ Tes collègues ont quand même des goûts étranges.

⇨ Mais tout le monde drague ses collègues... Enfin, tout le monde sauf moi.

➡ Avec la tenue que tu portes ? C'est curieux.

⇨ C'est normal, tu es tellement belle... Et puis, bon, il faut dire que tu es la seule femme à travailler dans cette usine.

VOTRE FEMME VOUS DEMANDE SI ELLE A UN PEU GROSSI.

QUE LUI RÉPONDRE ?

➡ Ne lui répondez rien, espèce d'inconscient ! C'est un piège, il n'y a aucune bonne réponse à lui donner. Attrapez vos clés de voiture, direction le garage, et fuyez tant qu'il en est encore temps. Vous courez un grave danger.

⇨ Quoi, vous êtes encore là, devant elle ?

➡ Mais fermez-la ! Ne dites plus un mot. N'esquissez même pas un sourire.

⇨ Faites semblant d'avoir un AVC pour créer une diversion.

➡ Et puis m... ! Vous n'avez qu'à lui avouer qu'effectivement, elle a un peu grossi.

VOTRE PETITE AMIE VOUS DEMANDE POURQUOI VOUS NE LA DEMANDEZ PAS EN MARIAGE.

QUE LUI RÉPONDRE ?

⇨ J'attends d'être sûr d'avoir trouvé la bonne.

➡ Parce que j'ai bien trop peur que tu dises oui.

⇨ Je suis déjà marié. Ah bon, je ne te l'avais pas dit ?

➡ Tu veux vraiment que ma mère devienne ta belle-mère ?

⇨ Tu gâches toujours les surprises ! J'avais effectivement prévu de, peut-être, te demander ta main... le samedi... 23 octobre... 2047.

VOTRE FEMME VOUS DEMANDE SI VOUS VOULEZ DEVENIR VÉGAN, COMME ELLE.

QUE LUI RÉPONDRE ?

➡ Bien sûr ! Tant que je peux manger du poulet, du bœuf et du poisson, ça ne me pose pas de problème.

⇨ Hitler était végétarien. Tu veux vraiment que je le prenne comme modèle ?

➡ Tu cuisines tellement mal que ça ne changera pas grand-chose au goût.

⇨ Après le sexe, la viande ! Tu as décidé de me priver de tous les plaisirs de la vie ou quoi ?

➡ Je suis pour le bien-être animal. La preuve, je suis toujours aimable avec ta mère.

VOTRE PETIT AMI VOUS DEMANDE EN MARIAGE.

QUE LUI RÉPONDRE ?

⇨ Reviens avec une bague moins cheap et on en rediscute.

➡ Toi, tu en as marre de payer beaucoup d'impôts !

⇨ J'ai toujours rêvé qu'on demande ma main au rayon « conserves » de chez Lidl. Tu es un grand romantique.

➡ Non merci, tu es juste un passe-temps avant de trouver l'homme de ma vie.

⇨ Commençons par un PACS, après on verra.

VOTRE FEMME VOUS DEMANDE SI, DANS LA VIE, VOUS AVEZ DES REGRETS.

QUE LUI RÉPONDRE ?

➡ Tu veux dire, à part notre mariage ?

⇨ Les regrets arrivent toujours avec les premières rides.

➡ Moi, tu sais, je n'espérais rien de la vie, alors je ne suis pas déçu.

⇨ Ne pas avoir joué le 8 au tiercé, cet après-midi. J'ai perdu 50 euros.

➡ Je suis comme Édith Piaf : « Non, rien de rien, non, je ne regrette rien. »

VOTRE PETITE AMIE VEUT FAIRE UN BREAK DANS VOTRE RELATION, HISTOIRE DE SE RETROUVER ET DE RÉFLÉCHIR AU FUTUR.

QUE LUI RÉPONDRE ?

⇨ Qu'est-ce que tu vas faire d'un break ? Tu n'as même pas ton permis de conduire.

➡ Ça veut dire qu'on peut coucher avec qui on veut ou c'est juste pour réfléchir ?

⇨ Ce n'est pas possible, je suis toujours officiellement en break avec mon ex. Je ne peux pas légalement cumuler.

➡ Mais on continue de coucher ensemble ?

⇨ Ça m'arrange moyen, je viens de résilier le bail de mon studio.

VOTRE FEMME VOUS DEMANDE SI VOUS AIMERIEZ QU'ELLE FASSE DE LA CHIRURGIE ESTHÉTIQUE.

QUE LUI RÉPONDRE ?

➡ Tu n'as qu'à chercher le nom de « Donatella Versace » sur Google. Demande-toi ensuite si tu veux vraiment dépenser 10 000 euros pour lui ressembler.

⇨ On doit déjà faire le ravalement de la façade de l'immeuble, on n'a pas les moyens de tout faire en même temps.

➡ Je t'aime comme tu es, avec tes centaines d'imperfections.

⇨ Commençons par un sein, pour savoir si j'aime.

➡ Avec le port du masque obligatoire, ça ne sert plus à rien.

VOTRE FEMME VOUS DEMANDE SI VOUS VOULEZ ALLER CHEZ IKEA AVEC ELLE CE WEEK-END.

QUE LUI RÉPONDRE ?

⇨ *Nej tack.* Ça veut dire « non merci » en suédois.

➡ Je te préviens, si tu insistes pour aller chez IKEA, je te kit.

⇨ Ça tombe bien, j'hésitais entre une terrasse au soleil avec mes amis et marcher des heures pour acheter des meubles et autres accessoires dont on n'a pas besoin.

➡ Vas-y avec ta mère, elle aussi s'ennuie.

⇨ 2 heures de voiture, 4 heures de magasin, 2 heures de voiture, 6 heures de montage d'armoires à la con. La vie est trop courte pour aller chez IKEA.

VOTRE FEMME VOUS DEMANDE POURQUOI VOUS NE CUISINEZ JAMAIS.

QUE LUI RÉPONDRE ?

➡ Tu oublies le gâteau au yaourt, il y a 4 ans !

⇨ Regarder *Top Chef* m'a filé des complexes.

➡ Moi, homme ! Moi, chasser nourriture pour que femme cuisine !

⇨ Je ne veux pas te priver de ce plaisir.

➡ Je suis nul en cuisine ! Je ne sais même pas décongeler un œuf !

VOTRE COPINE DIT QU'ELLE VOUS TROUVE MACHO.

QUE LUI RÉPONDRE ?

⇨ C'est bien une réflexion de gonzesse !

➡ C'est faux ! Souviens-toi, il y a un an, quand j'ai débarrassé la table.

⇨ J'ai toujours soutenu les féministes qui montrent leurs nichons... Oui, c'est ça, les Femen.

➡ Je suis 50 % argentin, 50 % italien. Tu t'attendais à quoi ?

⇨ Arrête de dire des bêtises et va préparer le dîner, femme.

VOTRE PETITE AMIE VOUS PROPOSE DE VOUS CONFINER AVEC ELLE PENDANT UNE ÉPIDÉMIE.

QUE LUI RÉPONDRE ?

➡ Je ne sais pas ce qu'il a y a de pire : la pandémie ou vivre dans ton studio 24 h/24 avec toi.

⇨ OK, mais ça ne te dérange pas si, de temps en temps, j'invite des copines ?

➡ Je refuse de te mettre en danger. C'est plus sûr pour moi de rester en coloc avec mes potes.

⇨ Vivre à deux dans un 120 m² est humainement impossible.

➡ Il n'y aura jamais assez de place dans ta salle de bains pour deux brosses à dents.

VOTRE FEMME VOUS DEMANDE SI ELLE A DES RIDES.

QUE LUI RÉPONDRE ?

⇨ Je ne dis pas que tu as des rides, je dis juste que si tu as gardé les factures de tes antirides, tu peux demander à te faire rembourser.

➡ Le temps n'a pas de prise sur toi. L'âge, par contre...

⇨ Si tu ne les vois pas, consulte un ophtalmo.

➡ Il paraît que les rides donnent du charme... aux hommes.

⇨ Les rides sur le front sont les tablettes de chocolat du cerveau. Ça m'étonne d'autant plus que tu en aies, du coup.

UN EX VOUS ENVOIE UN SMS, CINQ ANS APRÈS VOTRE RUPTURE.

QUE LUI RÉPONDRE ?

➡ Tu es ivre, désespéré ou les deux ?

⇨ Oh ! Un fantôme de mon lointain passé qui refait surface pour essayer en vain de coucher avec moi.

➡ Tu penses sincèrement que j'attendais de tes nouvelles depuis cinq ans ?

⇨ Comment vont les trois putes avec qui tu as couché quand on était ensemble ?

➡ Ça tombe bien que tu me recontactes, je voulais te dire que j'étais séropositive.

VOTRE FEMME AIMERAIT QUE VOUS LUI OFFRIEZ UN NOUVEAU SAC À MAIN.

QUE LUI RÉPONDRE ?

⇨ C'est idiot, tu en as déjà deux. Tu n'as pas trois bras, que je sache ?

➡ Pourquoi ? Je ne t'ai même pas trompé !

⇨ 500 euros pour un sac ! Il y a quoi, à l'intérieur ? Un lingot d'or ?

➡ Couds-le toi-même.

⇨ Vu l'état de nos finances, ce serait un sac amer.

VOTRE FEMME VOUS DEMANDE SI VOUS AIMERIEZ QU'ELLE ARRÊTE DE PRENDRE LA PILULE.

QUE LUI RÉPONDRE ?

➡ Laisse-moi juste le temps de faire une petite vasectomie.

⇨ Chérie, tu as 65 ans !

➡ C'est pour ça que tu ne tombais pas enceinte ? Moi qui pensais être stérile !

⇨ Tu prends les médicaments que tu veux. En quoi est-ce que ça me regarde ?

➡ Je t'achète un stérilet ?

PENDANT QUE VOUS REGARDEZ UN FILM, VOTRE FEMME NE CESSE DE VOUS POSER DES QUESTIONS.

QUE LUI RÉPONDRE ?

⇨ Note tes questions sur un bout de papier et pose-les moi à la fin du film.

➡ Rappelle-moi de ne jamais regarder un film de Christopher Nolan avec toi.

⇨ Je ne vais pas te résumer les cinq premiers *Star Wars* pour que tu comprennes tout.

➡ Comment fais-tu pour confondre une blonde de 20 ans et une rousse de 50 ?

⇨ Il faut vraiment qu'on achète un deuxième téléviseur.

VOTRE PETITE AMIE VOUS DEMANDE D'ALLER LUI ACHETER SES SERVIETTES PÉRIODIQUES.

QUE LUI RÉPONDRE ?

➡ Les clients vont savoir que je vais passer un mauvais week-end.

⇨ Je ne sais même pas la différence entre une serviette, un tampon et une couche !

➡ Est-ce que je te demande de m'acheter des préservatifs ? Non !

⇨ Comment veux-tu que je drague la jolie caissière avec ça sur le tapis ?

➡ Tu ne saignes pas des pieds que je sache ? Alors tu peux y aller toi-même.

À L'ÉGLISE, LE PRÊTRE VOUS DEMANDE SI VOUS ACCEPTEZ DE PRENDRE POUR ÉPOUSE VOTRE FUTURE FEMME.

QUE LUI RÉPONDRE ?

⇨ Quel est le délai de rétractation ?

➡ Excusez-moi de revenir sur le point précédent mais, quand vous dites : « Promettez-vous de lui être fidèle ? » C'est au sens premier ou c'est une image ?

⇨ C'est quand même curieux que ce soit quelqu'un qui ne se mariera jamais qui me pose la question.

➡ D'après vous, Monsieur le curé, je dois dire oui ou non ?

⇨ Je sens que c'est une question piège.

VOTRE FEMME VOUS DEMANDE QUAND VOUS VOUS DÉCIDEREZ À L'EMMENER EN VOYAGE DE NOCES.

QUE LUI RÉPONDRE ?

➡ Parce que le week-end à Center Parcs, il y a trois ans, ça ne compte pas ?

⇨ J'attendais de savoir si notre mariage tiendrait le coup.

➡ OK, je pars au Maroc. Et toi ?

⇨ On n'est mariés que depuis dix ans, laisse-moi le temps de l'organiser.

➡ Ah oui, c'est vrai, c'est sur ma to-do list.

VOTRE MARI VOUS DEMANDE SI, UN JOUR, PEUT-ÊTRE, VOUS SERIEZ INTÉRESSÉE PAR UN PLAN À TROIS.

QUE LUI RÉPONDRE ?

⇨ Qu'est-ce que tu veux qu'on aille faire à Troyes ? Faire un tour dans les magasins d'usine ?

➡ Qui seront les deux hommes ?

⇨ Je l'ai déjà fait avec un ex. Je préfère rester sur un bon souvenir.

➡ OK, j'appelle le voisin canon.

⇨ Tu me prends pour qui ? Pardon, je voulais dire : tu me prends par qui ?

VOTRE FEMME VOUS DEMANDE SI VOUS AVEZ DÉJÀ PISSÉ SOUS LA DOUCHE.

QUE LUI RÉPONDRE ?

➡ Tu veux dire, ce matin ?

⇨ Je suis comme les chats, je marque mon territoire.

➡ Non mais, dans l'évier, souvent.

⇨ Non, c'est juste le nouveau gel douche qui sent un peu l'urine.

➡ Ça dépend : ça t'excite ou ça te dégoûte ?

VOTRE MARI PROPOSE D'ACHETER UNE NOUVELLE TÉLÉVISION ÉCRAN PLAT AVEC HOME CINÉMA INTÉGRÉ, COÛTANT DEUX SMIC.

QUE LUI RÉPONDRE ?

⇨ Déjà qu'on ne sortait pas beaucoup. Avec ça à la maison, je peux dire adieu au reste de notre vie sociale.

➡ Mais on n'a pas l'argent ! Comment ça, l'héritage de ta belle-mère ? Mais maman est en pleine forme !

⇨ Ça ne coûte pas moins cher d'aller au cinéma ?

➡ Super, on va avoir la tête de Cyril Hanouna en énorme dans le salon pendant le dîner.

⇨ Si tu regardes un porno sur un grand écran, ça ne va pas arranger tes complexes à propos de la taille de ta b...

VOTRE FEMME VOUS DEMANDE POURQUOI VOUS AVEZ ENLEVÉ VOTRE ALLIANCE AVANT DE PARTIR EN SOIRÉE AVEC VOS AMIS.

QUE LUI RÉPONDRE ?

➡ C'est parce que j'ai peur de la perdre.

⇨ C'est curieux... Ce doit être le mélange de sueur et d'alcool avec l'or de la bague. Ça me donne des allergies cutanées.

➡ C'est pour ne pas rendre jaloux mes amis qui, eux, n'ont pas eu la chance de t'épouser.

⇨ Draguer avec une alliance, c'est un peu comme partir à la chasse avec une sarbacane. Ça peut marcher, mais ça complique quand même un peu l'exercice.

➡ Je n'ai pas besoin de ce bout de métal pour me souvenir que j'ai épousé la plus douce, la plus belle et la plus merveilleuse des jeunes femmes. Alors, s'il te plaît, range ce rouleau à pain.

VOTRE FUTURE EX-FEMME VOUS DEMANDE UNE PENSION ALIMENTAIRE.

QUE LUI RÉPONDRE ?

⇨ Pour alimenter qui ? Tu es assez grosse comme ça !

➡ Si j'avais su que ça me coûterait plus cher divorcé que marié, je serais resté avec toi.

⇨ Si je te présente un ami à épouser, je n'aurai plus à payer ?

➡ Quoi ? Le rouquin, ça compte comme un enfant ?

⇨ Poisson d'avril ! Tu as vraiment cru que je voulais divorcer de la plus belle femme du monde ?

VOTRE FEMME VOUS DEMANDE DE L'ACCOMPAGNER FAIRE DES COURSES.

QUE LUI RÉPONDRE ?

➡ Il reste des bières et des chips, on n'a besoin de rien.

⇨ Je ne voudrais pas te priver de ta seule sortie de la semaine, chérie.

➡ Vas-y sans moi, je vais te retarder.

⇨ Je dis non à la société de consommation ! Pense à acheter du Coca-Cola.

➡ Non, je reste à la maison pour garder le poisson rouge. Il s'ennuie quand il est seul.

VOTRE MARI VOUS DEMANDE SI VOUS LUI AVEZ DÉJÀ MENTI.

QUE LUI RÉPONDRE ?

⇨ « Pour l'homme, le mensonge est un outil. Pour la femme, une parure. »
(Frédéric Dard)

➡ J'ai un principe dans la vie : jamais plus de 50 % de mensonges. Je suis une femme honnête.

⇨ Sache que, contrairement à toi, moi, je sais mentir.

➡ Je mens seulement quand je bouge les lèvres.

⇨ Jamais ! Je te le promets, mon amour-que-j'aime-et-qui-est-le-meilleur-amant-du-monde.

VOTRE COPINE VOUS DEMANDE POURQUOI VOUS VOULEZ ROMPRE AVEC ELLE.

QUE LUI RÉPONDRE ?

➡ Parce que, toi et moi, on n'a plus rien en commun, à part les transports.

⇨ Tu sais, j'ai beaucoup changé, en deux mois. Je ne suis plus le même homme.

➡ Je te quitte parce que je t'aime trop et que je ne veux pas souffrir quand tu me largueras.

⇨ Toi qui aimes les rugbymen, ça devrait te faire plaisir que je te plaque.

➡ Je ne suis pas encore prêt pour une relation sérieuse. Je te laisse prévenir nos trois enfants.

TOUTES LES RÉPONSES À TOUTES LES QUESTIONS… AU TRAVAIL

« À la télé, ils disent tous les jours : y a trois millions de personnes qui veulent du travail. C'est pas vrai : de l'argent leur suffirait. »

Coluche

VOTRE PATRON VOUS EXPLIQUE QUE, MALGRÉ LES GROS BÉNÉFICES DE LA SOCIÉTÉ, VOUS NE SEREZ PAS AUGMENTÉ CETTE ANNÉE.

QUE LUI RÉPONDRE ?

➡ Je suis au regret de ne pas accepter votre réponse.

⇨ Je sais que vous trompez votre femme avec la secrétaire de direction. Mon silence a un prix.

➡ Vous êtes à deux doigts de me donner envie de voter à gauche.

⇨ J'ai le téléphone portable d'Élise Lucet. Je suis sûr que vous ne voulez pas l'avoir sur le dos.

➡ Il y a plein d'entreprises qui me relancent tous les jours. Bon, c'est EDF, Orange et mon syndic pour des impayés, mais quand même !

VOTRE FUTUR EMPLOYEUR VOUS DEMANDE CE QUI VOUS MOTIVE POUR VOULOIR LE POSTE AUQUEL VOUS POSTULEZ.

QUE LUI RÉPONDRE ?

⇨ L'argent.

➡ Ce qui me motive le plus, c'est de passer huit heures par jour loin de mon mari et de mes enfants.

⇨ C'est un rêve d'enfant que de devenir comptable pour la SARL Moulineaux, spécialiste ardéchoise des écrous professionnels.

➡ Votre entreprise est idéalement située entre chez moi et chez mon amant.

⇨ Je me suis déjà fait renvoyer de la moitié des entreprises de la ville, alors je me dis : pourquoi pas cette boîte à la con ?

VOS COLLÈGUES VOUS DEMANDENT SI VOUS COMMENCEZ À PENSER À LA RETRAITE.

QUE LEUR RÉPONDRE ?

➡ Vous voulez dire : « Le moment où je n'aurai plus à m'infliger chaque jour vos questions à la con » ?

⇨ J'ai l'air si vieux que ça ?

➡ Non, ce n'est que dans 2 920 jours, 3 heures et 25 minutes.

⇨ Non, j'aime trop travailler, entouré de jeunes cons qui, eux, c'est sûr, n'auront pas de retraite.

➡ Si vous connaissiez ma femme, vous ne me demanderiez pas si j'ai hâte de passer 24 h/24, 7 j/7 avec elle.

UN COLLÈGUE VOUS DEMANDE CE QUE VOUS PENSEZ DE L'ACTION DU GOUVERNEMENT.

QUE LUI RÉPONDRE ?

⇨ Tu me prends pour un chroniqueur de CNews ?

➡ Je ne mélange jamais travail et réflexion.

⇨ Parler politique avec toi, c'est comme se masturber avec une râpe à fromage : c'est douloureux et inutile.

➡ Qu'est-ce qui t'arrive, José ? Pourquoi est-ce que tu as zappé de Hanouna au *Journal de 20 heures*, hier soir ?

⇨ Moi je dis : heureusement qu'il y a un gouvernement pour qu'on puisse râler après quelqu'un d'autre que nos femmes.

VOTRE COLLÈGUE DE TRAVAIL VOUS MONTRE, FIÈREMENT, LA PHOTO DE SON NOUVEAU-NÉ.

QUE LUI RÉPONDRE ?

➡ Pourquoi me montres-tu la photo d'une taupe ?

⇨ Le pauvre, il te ressemble.

➡ Non, sérieux, montre-moi la vraie photo.

⇨ Bravo, j'ai l'appétit coupé, maintenant !

➡ Tu peux me la prêter, au cas où j'aie le hoquet, un jour ?

VOTRE PATRON VOUS DEMANDE SI VOUS VOULEZ ORGANISER LA JOURNÉE « J'AIME MA BOÎTE » AU BUREAU.

QUE LUI RÉPONDRE ?

⇨ Oui mais, moi, j'aime « les » boîtes, pas « ma » boîte.

➡ Vous voulez dire : « Le festival annuel de l'hypocrisie en milieu professionnel » ?

⇨ Je suis sûr que c'est le même psychopathe qui a inventé « La Fête des voisins ».

➡ C'est férié ?

⇨ OK, par contre, vous avez mal orthographié « bite » : il n'y a pas de « o ».

VOTRE PATRON VOUS DEMANDE SI VOUS COMPTEZ TOMBER ENCEINTE PROCHAINEMENT.

QUE LUI RÉPONDRE ?

➡ Parce qu'il faut vous demander l'autorisation à chaque fois que je baise ? Laissez votre téléphone allumé, alors. Parce que ce soir, j'ai un rencard.

⇨ Mais, patron, je suis un homme.

➡ Sachez, vieux phallocrate, qu'être enceinte n'est pas une maladie.

⇨ Je sens que je vais gagner beaucoup d'argent aux Prud'hommes. Argent que j'utiliserai pour pouvoir élever mes douze futurs enfants.

➡ Je ne savais pas que le patriarcat était inscrit dans le Code du travail.

VOTRE ADO VOUS DEMANDE DE LUI TROUVER UN STAGE EN ENTREPRISE.

QUE LUI RÉPONDRE ?

⇨ Pas dans la mienne, en tout cas ! Je n'ai pas envie d'avoir la honte !

➡ Tu penses vraiment que si j'appelle en disant : « Bonjour, je suis le papa du petit Léo, 17 ans, qui cherche un stage », ça va te donner une bonne image ?

⇨ C'est un stage de troisième ou de terminale ? Je ne me suis jamais trop intéressé à ton parcours scolaire.

➡ Avec tes boutons, on va éviter de te faire faire un stage chez une esthéticienne.

⇨ Si tu veux faire un stage à l'étranger, demande à mamie si elle a gardé contact avec des Allemands depuis la fin de la guerre.

UN COLLÈGUE ENNUYEUX À MOURIR VOUS DEMANDE SI VOUS ÊTES LIBRE POUR DÉJEUNER AVEC LUI.

QUE LUI RÉPONDRE ?

➡ Je ne déjeune jamais. Je fais le ramadan 365 jours par an.

⇨ Désolé, mais ta conversation a la fâcheuse tendance à me couper l'appétit.

➡ Je ne déjeune qu'utile. Soit avec les patrons, soit avec les clients.

⇨ Alors... Attends, je regarde dans mon agenda. Disons le 30 février à 13 heures.

➡ Tu devrais plutôt inviter la petite stagiaire de la compta. Je suis sûr qu'elle craque pour toi.

VOTRE COLLÈGUE VOUS DEMANDE, COMME TOUS LES JOURS, DE LUI PRÊTER 50 CENTIMES POUR PRENDRE UN CAFÉ. MAIS, PROMIS, IL VOUS LES RENDRA.

QUE LUI RÉPONDRE ?

⇨ Tu me dois en tout 1 500 euros, soit 3 000 pièces de 50 centimes. T'as une semaine pour me rembourser sinon j'engage des Serbes pour te briser les jambes.

➡ Tu n'as pas été mendiant, dans une vie antérieure ?

⇨ C'est marrant, c'est toi qui prends des cafés, et moi que ça rend nerveux.

➡ J'ai beau avoir la main sur le cœur, elle peut aussi t'arriver sur la gueule.

⇨ Tu me taxes plus que l'État quand la gauche est au pouvoir.

VOTRE PATRON VOUS REPROCHE VOTRE MANQUE DE PROFESSIONNALISME.

QUE LUI RÉPONDRE ?

➡ C'est un amateur qui a construit l'Arche de Noé et des professionnels qui ont bâti le Titanic.

⇨ En tout cas, je suis celui qui fait le plus rire mes collègues dans l'open space.

➡ C'est parce que vous avez toujours été un modèle pour moi, patron.

⇨ Travailler dur n'a jamais tué personne, mais je ne veux pas prendre le risque.

➡ Continuez à travailler sans moi, je vais vous ralentir.

UN COLLÈGUE VOUS DEMANDE DE PARTICIPER À UNE CAGNOTTE POUR LE DÉPART EN RETRAITE DE JEAN-LOUIS DE LA COMPTA.

QUE LUI RÉPONDRE ?

⇨ Je cotise déjà tous les mois pour qu'il puisse se la couler douce.

➡ Je préfère donner à une association. « Comptables sans frontière », par exemple.

⇨ Tu parles du type qui ne disait jamais bonjour à personne ?

➡ Ce gars est tellement radin qu'il ne donne même pas l'heure.

⇨ Je n'ai que mon chéquier sur moi. Je ne vais tout de même pas faire un chèque de 30 centimes.

VOTRE PATRON VOUS DEMANDE POURQUOI VOUS AVEZ DEUX HEURES DE RETARD.

QUE LUI RÉPONDRE ?

➡ À New York, il n'est que 6 heures du matin.

⇨ Je faisais du télétravail depuis mon lit.

➡ Je me suis fait enlever par des extraterrestres, mais ils m'ont très vite relâché.

⇨ Je ne suis peut-être jamais le premier arrivé au bureau, mais je suis toujours le premier parti.

➡ Mon poisson rouge s'est cassé une patte, alors le temps de l'emmener chez le véto...

VOTRE CHEF DE SERVICE VOUS DEMANDE DE VOUS OCCUPER DES STAGIAIRES DE TROISIÈME.

QUE LUI RÉPONDRE ?

⇨ Impossible ! J'ai une injonction du tribunal m'interdisant d'approcher un mineur.

➡ Ah non ! J'ai déjà des ados à la maison, alors ça va bien assez comme ça !

⇨ Ça va me faire bizarre d'avoir, à mes côtés, des gens encore moins motivés que moi.

➡ J'aurais le droit à une prime de risque ?

⇨ Je suis allergique à ces êtres maléfiques, inutiles, immatures et boutonneux.

VOTRE PATRON VOUS DEMANDE, UNE NOUVELLE FOIS, POURQUOI VOUS AVEZ ENCORE DEUX HEURES DE RETARD.

QUE LUI RÉPONDRE ?

➡ Ma femme est enceinte, elle va probablement accoucher dans 9 mois.

⇨ J'étais à l'enterrement de ma belle-mère. C'était interminable, elle ne se laissait pas faire.

➡ J'ai raté mon train, il était à l'heure. Avouez que c'est rare.

⇨ C'est à vous de vous adapter à mes horaires, pas à moi.

➡ Je suis pour la semaine de 28 heures payées 39.

DURANT UN ENTRETIEN D'EMBAUCHE, UN DRH VOUS DEMANDE POURQUOI IL Y A UN TROU D'UN AN SUR VOTRE CV.

QUE LUI RÉPONDRE ?

⇨ J'étais en prison pour avoir buté un mec qui m'avait dit : « On vous rappellera. »

➡ J'étais en année sympathique. C'est comme une année sabbatique, mais en plus sympa.

⇨ J'étais en mission secrète pour le gouvernement. Pour votre propre sécurité, je ne peux rien vous dire.

➡ Pardon, c'est une faute de frappe. Ce n'est pas un, mais deux ans où j'ai glandé devant la télé.

⇨ Je regardais la Terre faire un tour complet autour du Soleil.

VOTRE PATRON VOUS DEMANDE POURQUOI VOUS N'ÊTES PAS VENU TRAVAILLER LA VEILLE.

QUE LUI RÉPONDRE ?

➡ Les gueules de bois sont bien reconnues comme motifs d'arrêt maladie ?

⇨ Ah... On n'est pas lundi ?

➡ Mon chat me faisait un câlin sur mes genoux, et vous savez qu'il ne faut jamais, au grand jamais, contrarier un chat.

⇨ J'étais en quarantaine une journée parce que le fils de la cousine de ma gardienne a peut-être le coronavirus.

➡ J'étais en travail devant la télé. Oui, c'est ça, en télétravail.

VOTRE FEMME VOUS REPROCHE VOTRE MANQUE D'AMBITION PROFESSIONNELLE.

QUE LUI RÉPONDRE ?

⇨ Si j'étais un homme ambitieux, nous ne serions pas en couple.

➡ George Bernard Shaw a écrit : « L'esclavage humain a atteint son point culminant à notre époque sous forme de travail librement salarié. » Et il n'était pas con, George Bernard Shaw.

⇨ Parce qu'à 45 ans, être pion à mi-temps dans un collège, ce n'est pas assez ambitieux ?

➡ J'aurais bien voulu être chirurgien, mais j'ai peur du sang.

⇨ C'est parce que je n'ai pas épousé Michelle Obama.

LE PRÉSIDENT DE LA RÉPUBLIQUE VOUS DEMANDE SI VOUS SOUHAITEZ DEVENIR MINISTRE DE SON GOUVERNEMENT.

QUE LUI RÉPONDRE ?

➡ Mais… je n'ai aucune compétence professionnelle, et puis je ne suis bon qu'à bavarder… Vous avez raison, je suis fait pour le poste.

⇨ C'est un temps plein ou un temps partiel ?

➡ Il ne vous restait plus personne à qui proposer le poste ?

⇨ Je ne vais pas quitter un CDI pour un CDD.

➡ Est-ce que j'aurais des gardes du corps armés qui pourront descendre qui je veux ?

DURANT UN ENTRETIEN D'EMBAUCHE, UN DRH VOUS DEMANDE QUEL EST VOTRE PLUS GRAND DÉFAUT.

QUE LUI RÉPONDRE ?

⇨ Mon plus grand défaut ? N'avoir que des qualités.

➡ Je ne supporte pas les questions connes.

⇨ Je déteste travailler en équipe, ou même à deux, et même tout seul.

➡ Regardez mon casier judiciaire, vous aurez une partie des réponses.

⇨ Je n'ai aucun défaut, si ce n'est de mentir sans arrêt.

UN COLLÈGUE VOUS INVITE À SON MARIAGE.

QUE LUI RÉPONDRE ?

➡ Impossible mais, promis, je viendrai à ton prochain.

⇨ Je viens juste pour comprendre quel type de femme peut s'éprendre d'un pauvre mec comme toi.

➡ Tu as si peu d'amis ?

⇨ Tu ne m'as prévenu qu'un an à l'avance, comment veux-tu que je m'organise ?

➡ Désolé, mais te voir le week-end me rappellerait trop le boulot.

UNE COLLÈGUE VOUS DEMANDE QUEL ÂGE VOUS LUI DONNEZ.

QUE LUI RÉPONDRE ?

⇨ Je ne te donne rien du tout.

➡ Tu as un look de vieille mais je suis sûr que tu as moins de 80 ans.

⇨ Pour te répondre, il me faudrait le même carbone 14 que les archéologues utilisent pour les momies.

➡ Si je suis honnête, je vais te vexer, alors je préfère mentir.

⇨ Donne-moi un indice : étais-tu enfant ou ado sous Napoléon III ?

VOTRE COLLÈGUE, AU DÉTOUR D'UN COULOIR, VOUS DEMANDE SI ÇA VA.

QUE LUI RÉPONDRE ?

➡ Non, ça va mal... (Et appréciez ce long moment de silence et de gêne.)

⇨ Pourquoi tu m'agresses avec tes questions à la con, ton haleine de chacal et ta gueule de con ? Bon, je t'avoue que je suis un peu de mauvaise humeur.

➡ Regarde mes cernes... Ça répond à ta question ?

⇨ Ça tombe bien que tu me demandes, ça va moyen. Du coup, tu peux m'aider à faire les devis et factures en retard ?

➡ Avec deux cafés et un antidépresseur, ça ira mieux.

TOUTES LES RÉPONSES À TOUTES LES QUESTIONS… DE VOTRE FAMILLE

« Familles, je vous hais ! Foyers clos, portes refermées, possessions jalouses du bonheur. »

André Gide

VOTRE FAMILLE VOUS HARCÈLE EN VOUS DEMANDANT POURQUOI VOUS N'ÊTES PAS ENCORE MARIÉ.

QUE LEUR RÉPONDRE ?

➡ Je ne veux pas faire la même bêtise que vous et me marier avec la première venue.

⇨ Je suis zoophile et le mariage avec une chèvre n'est pas encore autorisé.

➡ Ma maîtresse est déjà mariée avec un membre de la famille.

⇨ Je cherche une femme bien ! Tous les week-ends, dans un club échangiste.

➡ Mon travail de chômeur me prend trop de temps.

VOTRE FAMILLE DE PROVINCE VOUS REPROCHE DE NE PAS ASSEZ VENIR LES VOIR.

QUE LEUR RÉPONDRE ?

⇨ J'attends une bonne occasion pour venir vous voir... Un enterrement, par exemple.

➡ Vous êtes tellement laids que vous faites peur à mes enfants.

⇨ Mes vaccins ne sont pas à jour pour venir à la campagne.

➡ Je serais bien venu l'année dernière, mais j'avais un puzzle à terminer.

⇨ Je suis comme la comète de Halley, je ne passe que tous les 76 ans.

VOS BEAUX-PARENTS VOUS DEMANDENT COMMENT VOUS AVEZ RENCONTRÉ LEUR FILLE.

QUE LEUR RÉPONDRE ?

➡ Dans un club échangiste SM. Son surnom, à l'époque, c'était : « L'Insatiable ».

⇨ Vous imaginez bien qu'avec son physique, c'est elle qui m'a dragué, et pas le contraire.

➡ C'est une belle histoire romantique : nous vomissions tous les deux dans les toilettes d'une boîte de nuit...

⇨ Le jour de mon premier mariage... Non, attendez ! De mon deuxième...

➡ Vous ne le saviez peut-être pas, mais votre fille est visiteuse de prisons...

UN VIEIL ONCLE MACHO VOUS DIT QUE LES HOMMES SONT SUPÉRIEURS AUX FEMMES.

QUE LUI RÉPONDRE ?

⇨ Tu peux saigner une semaine sans mourir, toi ?

➡ Parce que les couilles sont synonymes de force ? Il suffit pourtant de vous donner un coup de pied à cet endroit pour vous plier en deux.

⇨ C'est vrai qu'il y a une grosse différence... Les hommes ne trouvent pas distingués les femmes chauves et bedonnantes.

➡ Il n'y a qu'en grammaire que le masculin l'emporte sur le féminin. Mais je ne suis pas sûre que la grammaire soit ton domaine de prédilection.

⇨ C'est vraiment très pertinent ce que tu me racontes là ! Je fais une étude sur le sexisme chez les hommes des cavernes. Ça te dit de devenir mon sujet d'étude ?

VOTRE ONCLE GILET JAUNE VEUT QUE VOUS LE REJOIGNIEZ LE SAMEDI SUR SON ROND-POINT.

QUE LUI RÉPONDRE ?

➡ Le jaune ne me va pas du tout au teint.

⇨ Je sais que tu t'ennuies à la retraite mais, moi, j'ai un travail.

➡ Mais, tonton ! Je suis secrétaire d'État et membre d'En Marche !

⇨ Désolé, mais je suis allergique à la bêtise et au gaz lacrymogène.

➡ C'est payé combien ?

VOTRE FEMME, QUI EST AU TÉLÉPHONE AVEC SA MÈRE, VOUS DEMANDE SI VOUS AVEZ QUELQUE CHOSE À DIRE À VOTRE BELLE-MAMAN.

QUE LUI RÉPONDRE ?

⇨ Si je leur parle au téléphone, ça compte comme une visite chez tes parents ?

➡ À part des insultes, non.

⇨ Dis-lui que je l'embrasse. C'est faux, mais ça lui fera plaisir.

➡ Dis-lui que j'ai pensé à elle, cette nuit. J'ai fait un horrible cauchemar.

⇨ Dis-lui qu'on part vivre à l'étranger.

VOTRE GRAND-MÈRE VOUS PROPOSE DE VOUS TRICOTER UN PULL.

QUE LUI RÉPONDRE ?

➡ Je vais encore le mettre dans le panier du chien.

⇨ Pourquoi pas... Il paraît que les pulls moches sont à la mode.

➡ Mamie, à cause de tes pulls, je suis resté puceau jusqu'à mes 25 ans.

⇨ Je préfère que tu me donnes 100 euros pour acheter un pull en cachemire.

➡ Ce n'est pas la peine, je sais que tu es débordée entre les mots fléchés, *Des chiffres et des lettres* et *Questions pour un champion.*

VOTRE FRÈRE VOUS DEMANDE DE GARDER VOS NEVEUX DE 3 ET 5 ANS À LA MAISON, CE WEEK-END.

QUE LUI RÉPONDRE ?

⇨ Avec plaisir, je prends 15 euros de l'heure, ça fera donc : (2 × 15 euros) × 48 heures = 1 440 euros. Allez, pour la famille, j'arrondis à 1 500 !

➡ Je ne peux pas, désolé. Pourtant, j'adore Mathéo et Gaspard... Arsène et Léo ?

⇨ Je ne suis pas doué avec les enfants, je ne sais même pas si ça mange de l'herbe, des croquettes ou des boîtes comme les chats.

➡ Ça tombe bien, il me restait deux places pour ma soirée vodka-poker.

⇨ Dans ma vidéothèque, je n'ai que des Jacquie et Michel, mais aucun Disney.

VOTRE BELLE-MÈRE CRITIQUE ENCORE VOTRE FAÇON D'ÉLEVER VOS ENFANTS.

QUE LUI RÉPONDRE ?

➡ Je vis avec votre fils… Croyez-moi, je sais que l'éducation n'est pas votre point fort !

⇨ J'oubliais que vous étiez la « Françoise Dolto des Hauts-de-Seine ».

➡ Vos conseils pour élever mes enfants, belle-maman, sont aussi précieux que ceux de Bernard Madoff pour investir en Bourse.

⇨ Pouvez-vous me faire votre liste de recommandations sur papier ? Papier que je jetterai ensuite dans la cuvette des toilettes, bien entendu.

➡ Je sens que je vais encore devoir parler de vous à mon atelier de gestion de la colère.

VOTRE VIEIL ONCLE VOUS DIT QUE CE QUI MANQUE À VOTRE GÉNÉRATION, C'EST UNE BONNE GUERRE.

QUE LUI RÉPONDRE ?

⇨ Ce qui manque à la tienne, c'est une bonne euthanasie.

➡ Toi, tu as connu les guerres d'Algérie et d'Indochine. Ça ne t'a pas empêché de devenir un gros con.

⇨ En tout cas, on doit s'armer de patience quand on entend des bêtises pareilles.

➡ Je vois que tu deviens de plus en plus de gauche. Fais gaffe, tu vas finir écolo.

⇨ Notre génération est déjà en guerre : contre la bêtise. Tu me le prouves à chaque fois qu'on se voit. L'ennemi est redoutable.

VOS ENFANTS ESSAIENT DE VOUS REFOURGUER VOS PETITS-ENFANTS POUR LES VACANCES.

QUE LEUR RÉPONDRE ?

➡ J'aime mes petits-enfants comme j'aime aller au cinéma : deux heures par semaine maximum.

⇨ C'est dommage, j'ai attrapé une maladie contagieuse. Je ne voudrais pas les contaminer.

➡ J'en déduis que la SPA n'en a pas voulu.

⇨ Si nous avons déménagé à trois heures de route de chez vous, c'est pour éviter ce genre de situation.

➡ D'accord, mais vous nous fournissez la baby-sitter.

TOUTES LES RÉPONSES À TOUTES LES QUESTIONS... DES ENFANTS

« Ce que l'on apprend durant l'enfance est mieux gravé que dans la pierre. »

Proverbe chinois

VOTRE ENFANT VOUS DEMANDE POURQUOI IL DOIT FINIR SON ASSIETTE.

QUE LUI RÉPONDRE ?

➡ Parce que ta mère m'oblige, moi aussi, à finir mon assiette. Je suis d'accord avec toi, elle cuisine très mal.

⇨ Parce qu'il y a des enfants qui meurent de faim dans le monde à cause de toi qui ne finis pas tes assiettes. Théo, tu as du sang d'innocents sur les mains, espèce de petit criminel inconscient !

➡ Pour pouvoir être grand et fort comme papa. J'ai dit « grand », pas « gros » !

⇨ Fais comme moi, donne les restes aux chiens sous la table.

➡ Tu sais, la nourriture, ça coûte cher. On a dû déjà vendre un de tes grands frères... Non, tu ne l'as pas connu.

VOTRE ENFANT VOUS DEMANDE DE L'EMMENER AU CINÉMA POUR VOIR LE DERNIER DISNEY.

QUE LUI RÉPONDRE ?

⇨ Je suis désolé, cet après-midi, je ne peux pas me « libérer, délivrer ! »

➡ Tu as déjà 4 ans. Tu as l'âge de pouvoir venir avec moi voir le dernier Tarantino.

⇨ Qui dit Disney, dit 12 euros de billets, en plus de 90 euros d'achat de produits dérivés. Tu penses que je suis aussi riche que Picsou ?

➡ Il était une fois, une belle princesse qui obéissait toujours à ses parents et qui ne voulait plus aller au cinéma.

⇨ Le cinéma est fermé, le Roi lion a tué le projectionniste.

VOTRE FILS DE 4 ANS VOUS DEMANDE COMMENT ON FAIT LES BÉBÉS.

QUE LUI RÉPONDRE ?

➡ Demande à ta mère. Si je le savais, tu ne serais pas devant moi à me poser cette question.

⇨ Amazon livre les colis, et les cigognes, les enfants. D'ailleurs, ça ne m'étonnerait pas qu'elles se fassent racheter d'ici peu par Amazon.

➡ Demande à Siri. Je n'ai pas dépensé 300 euros pour une enceinte connectée et répondre moi-même à tes questions !

⇨ Zappe sur les chaînes 235 à 240, tu comprendras.

➡ On en reparle quand tu auras 15 ans.

VOTRE FILS VOUS DIT QU'IL A DE LA FIÈVRE ET QU'IL NE PEUT PAS ALLER À L'ÉCOLE.

QUE LUI RÉPONDRE ?

⇨ Ça tombe mal, juste le jour de ton devoir de mathématiques que tu n'as pas révisé !

➡ OK, je te couvre pour l'école, et toi, tu me fais une lettre pour que je n'aille pas au bureau.

⇨ Ah oui, si j'en crois ton thermomètre, tu as 48 °C de fièvre. Tu es officiellement décédé.

➡ En tout cas, vu ton dernier bulletin scolaire, tu ne peux pas attraper un rhume de cerveau.

⇨ C'est dommage que tu sois malade, on avait prévu d'aller à Disneyland, ce week-end. Tant pis, on ira sans toi.

VOTRE FILLE VOUS DEMANDE CE QUE ÇA FAIT D'ÊTRE MAMAN.

QUE LUI RÉPONDRE ?

➡ Je vais te réveiller à 3 heures du matin en te hurlant dessus pendant un an, tu comprendras.

⇨ Je donnerais n'importe quoi pour passer une journée dans un spa... Te revendre toi et ton frère, par exemple.

➡ Ça fait des vergetures dont je n'arrive pas à me débarrasser depuis ta naissance.

⇨ C'est comme d'être condamnée à perpétuité sans possibilité de faire appel.

➡ C'est la plus belle chose de la vie. C'est faux, mais comme j'ai envie un jour d'avoir des petits-enfants, je ne veux pas te dire la vérité.

VOTRE FILLE VOUS DEMANDE SI, À LA BASE, VOUS VOULIEZ AVOIR UN GARÇON OU UNE FILLE.

QUE LUI RÉPONDRE ?

⇨ À la base, je voulais juste baiser.

➡ Moi, ce que je voulais, c'était un chat !

⇨ Disons que j'ai pleuré pendant une semaine après ta naissance.

➡ Un avortement.

⇨ Je voulais une fille merveilleuse, belle, intelligente. Mais ce n'est pas grave, je t'aime quand même.

VOTRE FILS DE 17 ANS VOUS DEMANDE COMMENT ON FAIT LES BÉBÉS.

QUE LUI RÉPONDRE ?

➡ Ah oui, mince, c'est vrai, j'ai oublié de t'en parler à tes 15 ans !

⇨ Je suis sûr que tu en connais plus sur le sexe que moi à ton âge… et même au mien.

➡ Mets toujours des préservatifs si tu ne veux pas, à 40 ans passés, avoir un ado débile et boutonneux qui te pose des questions idiotes dans ton salon payé à crédit !

⇨ Je n'aurais pas dû te payer des études dans une institution catholique non mixte.

➡ Ne t'inquiète pas, ça ne risque pas de t'arriver de sitôt, avec ton acné sur le visage.

VOTRE ENFANT VOUS DEMANDE POURQUOI VOUS PERDEZ VOS CHEVEUX.

QUE LUI RÉPONDRE ?

⇨ À cause de tous ces soucis... Tu verras... Si tu as un enfant idiot, ça t'arrivera aussi.

➡ C'est pour faire une piste d'atterrissage aux moustiques.

⇨ C'est marrant, j'ai posé la même question à mon père quand j'avais ton âge.

➡ J'ai toujours été fan de Bruce Willis.

⇨ Je perds mes cheveux parce que je ne me souviens plus où je les range.

VOS ENFANTS VOUS DEMANDENT DE LES AIDER À ÉCRIRE LEUR LISTE AU PÈRE NOËL.

QUE LEUR RÉPONDRE ?

➡ Vous n'étiez pas au courant ? Noël a été annulé, cette année, à cause du coronavirus.

⇨ « Cher Papa Noël, cette année je ne veux rien, sinon faire de beaux cadeaux à papa et à maman. »

➡ Impossible de vous aider à écrire votre liste, le Père Noël est graphologue, il reconnaît toutes les écritures.

⇨ OK, mais, en échange, vous m'aidez à remplir ma déclaration d'impôts.

➡ Je vous connais, ça va encore être une liste de trois pages.

VOTRE FILS VOUS DEMANDE DES IDÉES DE CADEAUX POUR LA FÊTE DES MÈRES.

QUE LUI RÉPONDRE ?

⇨ Maman aimerait avoir une nouvelle télé pour regarder le foot.

➡ Ne lui fais pas un dessin, elle déteste les cadeaux cheap.

⇨ Pas de tenue d'infirmière, c'est déjà mon cadeau.

➡ Achète-lui du vin. Au pire, je le boirai.

⇨ Garde ton argent. Dans un mois, c'est la fête des Pères.

VOTRE FILS REFUSE DE MANGER DES LÉGUMES.

QUE LUI RÉPONDRE ?

➡ Si tu ne veux pas être petit et gros comme papa, tu dois manger des légumes.

⇨ Sans ses épinards, Popeye serait le sosie de Michel Houellebecq.

➡ Allez ! On fait un deal : une assiette de haricots verts ce midi contre un McDo ce soir.

⇨ Imagine que tes petits pois sont des boulettes magiques qui donnent des superpouvoirs.

➡ Mais si, ça se mange cru, les haricots verts !

VOS ENFANTS VOUS DEMANDENT DE LES EMMENER À DISNEYLAND.

QUE LEUR RÉPONDRE ?

⇨ Deux heures d'attente pour cinq minutes de plaisir, autant faire l'amour avec votre père.

➡ C'est le seul endroit où il faut payer pour être torturé.

⇨ Maman a peur des souris. Si elle voit Mickey, elle va être terrorisée.

➡ C'est dommage, ils viennent de fermer. La Reine des neiges est morte à cause du réchauffement climatique.

⇨ Vous allez partir en week-end chez mamie. C'est pareil, elle est dingo.

VOTRE FILS VOUS DEMANDE DES CONSEILS POUR SON PREMIER JOUR D'ÉCOLE.

QUE LUI RÉPONDRE ?

➡ L'école, Léo, c'est comme la prison. Repère le plus costaud et casse-lui la gueule pour te faire respecter.

⇨ Je ne te mets pas la pression, mais tu joues ta vie. Si tu es bon, tu finiras PDG. Si tu es mauvais, tu auras une vie de merde, comme moi.

➡ Inscris sur ta fiche : « Profession du père : inspecteur académique » et « Profession de la mère : contrôleuse fiscale. »

⇨ Tu vas voir, c'est l'enfer. Tu en prends pour 20 ans d'ennui, de violence, de pleurs, de stress, d'angoisses... Passe une bonne journée, mon fils.

➡ Repère le bon élève et assieds-toi à côté pour copier toute l'année. C'est ce que je fais encore au bureau.

VOTRE FILS NE VEUT PLUS ALLER À LA CANTINE.

QUE LUI RÉPONDRE ?

⇨ Certes, c'est mauvais. Mais moins mauvais que quand ton père cuisine.

➡ Tu es tellement chiant et exigeant que tu vas finir juré à *Top Chef.*

⇨ Tu proposes quoi ? Que je te donne 30 euros par jour pour déjeuner dans une brasserie ?

➡ Tu n'as qu'à dire à ta maîtresse que tu fais le ramadan de septembre à juin.

⇨ Dans la vie, on ne fait pas toujours des choses qu'on aime. La preuve, je suis mariée avec ton père.

VOTRE FILLE VOUS DEMANDE POURQUOI IL Y A DES GUERRES DANS LE MONDE.

QUE LUI RÉPONDRE ?

➡ Parce que les hommes sont foncièrement mauvais. Ne t'approche jamais d'eux.

⇨ Fuis les hommes comme la peste !

➡ N'aie jamais de petit ami.

⇨ Ni de mari.

➡ Il n'y a que papa qui est gentil, ne l'oublie jamais !

VOTRE FILS VOUS DEMANDE POURQUOI VOUS NE VENEZ JAMAIS LE CHERCHER À L'ÉCOLE.

QUE LUI RÉPONDRE ?

⇨ Papa adorerait terminer le travail à 16 h 30 comme un instituteur.

➡ Tu ne viens jamais me chercher au boulot non plus.

⇨ C'est parce que papa a un peu honte de toi.

➡ C'est parce que maman a peur que je me fasse draguer par les autres mamans.

⇨ Promis, je viendrai, quand tu seras au lycée. Mais pas sûr que ça te plaise.

VOTRE FILLE VOUS DEMANDE POURQUOI ÇA PIQUE, QUAND MAMIE L'EMBRASSE.

QUE LUI RÉPONDRE ?

➡ C'est parce que mamie, avant son opération, était un papi.

⇨ C'est parce que mamie est barbante.

➡ Surtout ne lui dis pas que j'ai rigolé quand tu m'as posé la question.

⇨ C'est héréditaire, tu verras. Toi aussi, dans quelques années, tu piqueras.

➡ C'est la méchanceté qui fait pousser les poils.

VOTRE FILS VOUS ANNONCE QU'IL S'EST ENCORE BATTU À L'ÉCOLE.

QUE LUI RÉPONDRE ?

⇨ La violence ne résout pas tout. Imagine qu'un moustique se pose sur ton zizi. Qu'est-ce que tu ferais ?

➡ Tu as gagné ou perdu ?

⇨ Je suis à la fois fier de toi et déçu.

➡ On n'arrive à rien en se battant. À moins, bien sûr, d'être boxeur professionnel.

⇨ Ça t'embête de venir casser la figure d'un collègue qui me harcèle au bureau ?

VOTRE FILS REFUSE D'ALLER SE COUCHER.

QUE LUI RÉPONDRE ?

➡ Crois-moi, moi, j'aimerais pouvoir faire des nuits de 10 heures.

⇨ Tu es comme un super-héros. Plus tu dors, plus tu as de l'énergie et donc de superpouvoirs.

➡ Couche-toi ou maman va te chanter une berceuse. Et tu sais à quel point elle chante mal.

⇨ OK... Si tu préfères nous aider à faire la vaisselle et le ménage, tu peux rester.

➡ Tes paupières sont lourdes, très lourdes, aussi lourdes que ta grand-mère maternelle.

VOTRE ENFANT REFUSE DE DORMIR À CAUSE D'UN MONSTRE CACHÉ DANS LE PLACARD.

QUE LUI RÉPONDRE ?

⇨ Les monstres dans les placards, c'est comme des enfants qui ne sont pas chiants : ça n'existe pas.

➡ Les seuls monstres dans ton placard, ce sont tes chaussettes sales qui traînent.

⇨ Tu devrais plutôt t'inquiéter du croquemitaine tapi sous ton lit.

➡ Papa a tué le monstre et caché son cadavre dans le placard de la chambre de ta sœur. Tu ne risques rien.

⇨ Quoi ? Il y a un monstre ? Débrouille-toi avec lui, c'est ta chambre. Moi, je vais m'enfermer dans la mienne.

VOS ENFANTS VOUS DEMANDENT SI VOUS NE VOUS ENNUYEZ PAS TROP À LA RETRAITE.

QUE LEUR RÉPONDRE ?

➡ En tout cas, pas au point de vouloir garder mes petits-enfants.

⇨ Je trie mes déchets par ordre alphabétique. Ça répond à votre question ?

➡ Dès qu'un prospecteur m'appelle au téléphone, je reste avec lui pendant une heure.

⇨ Le problème, c'est que mon mari est aussi à la retraite.

➡ Oui, c'est terrible. Heureusement, votre génération ne connaîtra pas ce fléau qu'est la retraite.

VOTRE FILS VOUS DEMANDE DE L'EMMENER AU FOOT LE DIMANCHE MATIN.

QUE LUI RÉPONDRE ?

⇨ Tu ne préfères pas faire de la danse ? Au moins, c'est le samedi après-midi.

➡ Sacrifier une grasse matinée pour te voir prendre 5 buts, ce n'est pas comme ça que j'envisage mes week-ends.

⇨ OK, mais je veux 10 % de ton salaire si tu deviens, un jour, un footballeur professionnel.

➡ Demande à ta mère, elle adore le foot.

⇨ Qui dit sport, dit dopage. Or, je refuse que tu finisses drogué !

VOTRE FILS VOUS DEMANDE POURQUOI IL DEVRAIT RANGER SA CHAMBRE.

QUE LUI RÉPONDRE ?

➡ Parce que j'y ai caché un trésor. Sauras-tu le retrouver ?

⇨ Parce ce que les monstres aiment se cacher dans les jouets mal rangés.

➡ Parce que sinon, c'est moi qui vais devoir le faire et j'ai d'autres plans pour la soirée.

⇨ C'est un ordre et, en aucun cas, une demande amicale.

➡ Parce que j'ai dit : « Jacques a dit ! »

EN PLEINE NUIT, VOTRE FILLE DE 2 ANS VOUS DEMANDE OÙ EST SON DOUDOU.

QUE LUI RÉPONDRE ?

⇨ Monsieur Doudou est parti en voyage très, très loin, et il a oublié son passeport. Du coup, il galère un peu pour rentrer. Tu sais ce que c'est, l'administration.

➡ Monsieur Doudou est parti vivre avec une petite fille qui était gentille avec son papa et qui ne le réveillait pas en pleine nuit.

⇨ Tiens, prends la vieille chaussette de papa, ça fera l'affaire pour cette nuit.

➡ Il est parti acheter des clopes. Rendors-toi, il va revenir d'ici une heure ou deux.

⇨ Il doit être dans la machine à laver. Il prend son bain.

VOTRE FILLE VOUS DEMANDE SI SON PAPA, C'EST SON VRAI PAPA.

QUE LUI RÉPONDRE ?

➡ Je ne sais pas, tu as été conçue en 2020. À l'époque, on portait tous des masques.

⇨ On le saura si, à 30 ans, tu deviens aussi grosse et chauve que lui.

➡ Il y a une chance sur quatre. Mais tu es tellement belle que ça m'étonnerait beaucoup que ce soit lui.

⇨ Bien sûr, si tu crois que j'avais l'embarras du choix.

➡ Non, je t'ai conçue avec Brad Pitt, mais ne le répète pas à papa, c'est un secret.

VOTRE JEUNE FILS VOUS DEMANDE, VOUS SUPPLIE, VOUS ORDONNE ET VOUS DEMANDE ENCORE ET ENCORE D'ADOPTER UN CHIEN.

QUE LUI RÉPONDRE ?

⇨ Tu sais, un chien doit faire ses besoins toutes les heures. Tu seras obligé de le sortir jour et nuit. Tu ne pourras plus aller à l'école, voir tes amis, jouer ni même dormir.

➡ Je ne veux pas avoir, à la maison, un chien qui remue la queue quand belle-maman vient déjeuner !

⇨ Crois-en mon expérience, le meilleur ami de l'homme n'est pas le chien, mais l'alcool.

➡ Pose-toi la question : est-ce qu'un chien a envie de vivre avec toi ?

⇨ Commençons par un poisson rouge, après on verra.

VOTRE ENFANT VOUS DEMANDE S'IL A ÉTÉ ADOPTÉ.

QUE LUI RÉPONDRE ?

➡ Tu es petit et noir. Papa et maman sont blonds et mesurent 1 m 90. Qu'en déduis-tu, petit génie ?

⇨ Ah non ! Je t'assure que si nous avions adopté, nous aurions choisi un plus bel enfant que toi !

➡ C'est possible, je n'ai aucun souvenir de ton accouchement. En même temps, à l'époque, je picolais beaucoup.

⇨ Non, par contre j'ai mis une annonce sur Leboncoin.fr pour me débarrasser de toi.

➡ Oui, d'ailleurs, je cherche le ticket de caisse pour un échange.

VOTRE FILS VOUS DEMANDE DE L'INSCRIRE À DES COURS DE PIANO.

QUE LUI RÉPONDRE ?

⇨ Fais plutôt de la guitare, tu me remercieras plus tard, lorsque à l'adolescence, tu pourras sortir avec les plus belles filles du lycée.

➡ Non, car tu devras faire du solfège et apprendre qu'une blanche vaut deux noires, et c'est devenir raciste.

⇨ On vit dans un deux-pièces parisien, n'espère pas une seconde qu'on achète un piano à queue.

➡ Tu prends déjà des cours de flûte à bec au collège. Ça suffit !

⇨ Fais plutôt du foot si tu veux devenir riche et acheter une grande et belle maison à tes parents.

VOTRE FILLE DE 3 ANS VOUS DEMANDE POURQUOI VOUS N'ACCROCHEZ PAS SES DESSINS SUR LE RÉFRIGÉRATEUR.

QUE LUI RÉPONDRE ?

➡ C'est parce qu'ils sont bien trop moches.

⇨ Le jour où tes dessins vaudront des millions d'euros en salle des ventes, je les afficherai. Non, je plaisante, je les vendrai.

➡ Parce que je trouve que « Papa caca boudin devant la maison » n'est pas un titre qui me met en valeur.

⇨ Même Picasso dessinait mieux que toi.

➡ J'adore tes dessins, c'est juste que je ne veux pas effrayer nos invités quand ils entrent dans la cuisine.

VOTRE FILLE VOUS DEMANDE OÙ VA LA LUNE AU PETIT MATIN.

QUE LUI RÉPONDRE ?

⇨ Elle va au ciel, rendre visite à la liberté de papa.

➡ La Lune va se coucher. C'est fatigant, tu sais, le travail de nuit.

⇨ Elle va se promener aux États-Unis, puis en Asie, puis elle revient. Imagine le nombre de miles qu'elle doit avoir sur sa carte Air France !

➡ Demande à ta mère, elle est souvent dans la lune.

⇨ Je suis garagiste, pas astronaute.

TOUTES LES RÉPONSES À TOUTES LES QUESTIONS… DES PARENTS

« Être parent, c'est vouloir à la fois câliner et étrangler son enfant. »

Bill Watterson

VOS PARENTS VOUS DEMANDENT CE QUE VOUS VOULEZ FAIRE APRÈS VOS ÉTUDES.

QUE LEUR RÉPONDRE ?

➡ Je suis à un Monoprix de ma vie. C'est comme à un Carrefour, mais avec moins de choix.

⇨ Je pensais devenir rentier, mais vous n'avez pas eu la bonne idée d'être riche.

➡ Le futur, on verra ça dans le futur.

⇨ Est-ce qu'on peut devenir astronaute avec un bac pro vente ?

➡ Je pense reprendre mes études après mes études, et ce, jusqu'à l'âge de la retraite.

VOS PARENTS VOUS DEMANDENT QUEL EST VOTRE PROF PRÉFÉRÉ AU COLLÈGE.

QUE LEUR RÉPONDRE ?

⇨ Celui qui est en arrêt maladie depuis 6 mois pour dépression.

➡ C'est le prof de philo. En plus, il embrasse super bien.

⇨ Et aussi celui qui est en arrêt maladie depuis 9 mois pour dépression.

➡ C'est le prof de sport. Mais est-ce qu'on doit considérer cette matière comme réellement une matière ?

⇨ Et, j'allais oublier, celui qui est en arrêt maladie depuis un an pour dépression.

VOS PARENTS VOUS DEMANDENT SI VOUS PRÉFÉREZ VOTRE PÈRE OU VOTRE MÈRE.

QUE LEUR RÉPONDRE ?

➡ Je préfère tonton. Au moins, lui, il ne pose pas ce genre de questions débiles.

⇨ J'aime bien le voisin, celui qui vient à la maison quand tu n'es pas là, papa.

➡ Il y a un piège, je le sens.

⇨ Celui qui me fera le cadeau le plus cher à Noël. Je lance les enchères à 200 euros. Qui dit mieux ?

➡ Je vous supporte, c'est déjà beaucoup.

VOS PARENTS VOUS DEMANDENT SI VOUS AVEZ ÉTÉ SAGE EN CLASSE.

QUE LEUR RÉPONDRE ?

⇨ Il n'y a pas eu de plainte. Ah si, une !

➡ Et vous, au bureau, vous avez été sages ou vous avez bavardé ?

⇨ J'ai été élu élève le plus sage par *Élève le plus sage Magazine*.

➡ De Vinci a dit que « la sagesse est fille de l'expérience ». Or je ne suis ni une fille ni un garçon expérimenté.

⇨ Tu verras ça dans mon carnet de correspondance. La prof a écrit trois pages.

VOTRE MÈRE VOUS DEMANDE POUR LA DIXIÈME FOIS DE LA MATINÉE DE FAIRE VOTRE LIT.

QUE LUI RÉPONDRE ?

➡ À quoi bon faire le lit le matin si c'est pour le défaire le soir ?

⇨ Je pensais que le service militaire avait été supprimé par Chirac en 1997 ?

➡ Tu le fais tellement mieux que moi.

⇨ Il est comme le lit de la rivière, il faut le laisser couler.

➡ Quand est-ce que tu me fais un petit frère ou une petite sœur pour que je puisse lui faire faire ce genre de truc ?

VOTRE PÈRE VOUS DEMANDE SI VOUS AVEZ VOLÉ LE BALLON DES VOISINS.

QUE LUI RÉPONDRE ?

⇨ Voler, quand on y réfléchit bien, c'est juste trouver un objet avant qu'il ne soit perdu.

➡ Non, mais qu'est-ce que le mien lui ressemble !

⇨ Oui, et comme je vis chez toi, ça fait de toi un receleur.

➡ Le voisin couche avec maman, c'est un juste retour des choses, non ?

⇨ Promis, je leur rends dans un an ou deux.

VOS PARENTS SOUHAITENT VOUS SUIVRE SUR INSTAGRAM.

QUE LEUR RÉPONDRE ?

➡ Je ne suis pas votre fils, je suis un homonyme qui lui ressemble beaucoup.

⇨ Avez-vous vraiment envie de voir des stories de moi ivre mort en soirée ?

➡ Mon Insta, c'est comme ma chambre : interdit aux parents.

⇨ Je savais qu'Instagram devenait un truc de vieux.

➡ Vous avez vraiment envie de dépenser des fortunes chez un pédopsychiatre ?

VOS PARENTS VOUS ANNONCENT LEUR DIVORCE.

QUE LEUR RÉPONDRE ?

⇨ Mais je n'ai que 35 ans… Je vais vivre chez papa ou chez maman ?

➡ Super ! C'est quoi, la suite ? Un remariage, une famille recomposée, des demi-frères et sœurs et, au final, un héritage qui se réduit comme peau de chagrin ?

⇨ Vous vous détestez depuis 20 ans, pourquoi vous précipiter ?

➡ À vos âges, vous ne retrouverez personne de valide.

⇨ Ah non ! Ça va doubler les fêtes de Noël…

VOS PARENTS VOUS DEMANDENT POURQUOI VOUS NE LEUR CONFIEZ PAS PLUS SOUVENT LEURS PETITS-ENFANTS.

QUE LEUR RÉPONDRE ?

➡ Vous m'avez élevé, vous avez vu le résultat ?

⇨ Bizarrement, les ados de 14 et 16 ans préfèrent sortir avec leurs amis plutôt que de regarder *Questions pour un champion* avec leurs grands-parents.

➡ Vous nous servez de punition : si tu ne travailles pas bien à l'école, tu passeras le week-end chez papi et mamie.

⇨ Après deux jours avec vous, nous passons deux semaines à essayer de nous faire obéir à nouveau.

➡ Je vous rappelle que nous avons déménagé à 200 km pour avoir un peu de tranquillité.

VOTRE GRAND-PÈRE VOUS DEMANDE QUELLE EST VOTRE MATIÈRE PRÉFÉRÉE À L'ÉCOLE.

QUE LUI RÉPONDRE ?

⇨ Papi, j'ai 40 ans !

➡ « L'Histoire de France sous Napoléon » ! Ça me fait penser à ta jeunesse.

⇨ L'allemand. D'ailleurs, il paraît que mamie parlait bien cette langue à l'époque où elle avait les cheveux très, très courts.

➡ Je suis nul à l'école. Papa me dit que je suis le digne héritier de plusieurs générations d'idiots.

⇨ Ça existait déjà, l'école, quand tu avais mon âge ?

TOUTES LES RÉPONSES À TOUTES LES QUESTIONS… DES ADOS

« L'adolescence est l'âge où les enfants commencent à répondre eux-mêmes aux questions qu'ils posent. »

George Bernard Shaw

VOTRE ADO VOUS DEMANDE DES CONSEILS POUR RÉUSSIR DANS LA VIE.

QUE LUI RÉPONDRE ?

➡ Je vis dans un minable pavillon de banlieue avec ta mère et toi. Et tu me demandes comment réussir sa vie ?

⇨ La vie, c'est comme une fellation. Plus c'est dur, plus tu en baves.

➡ N'écoute jamais les conseils de ta mère !

⇨ N'écoute jamais les conseils de ton père !

➡ Prends exemple sur moi et fais l'exact contraire.

VOTRE FILLE DE 15 ANS VOUS ANNONCE QU'ELLE A UN PETIT AMI, QUE C'EST SÉRIEUX ET QU'ELLE AIMERAIT VOUS LE PRÉSENTER.

QUE LUI RÉPONDRE ?

⇨ Ça tombe bien, ça fait longtemps que je me disais qu'il fallait que je me remette à la boxe.

➡ Est-ce que tu peux passer un petit coup de fil au 18 ? Je crois que je fais un malaise.

⇨ Super ! Ta mère va préparer des tomates mozza au cyanure et une blanquette de veau à la ricine, rien que pour lui.

➡ Je ne le connais pas, mais je le déteste déjà.

⇨ Non, vraiment, sérieux... Appelle le 18, c'est urgent !

VOTRE ADO VOUS DEMANDE DE POUVOIR FAIRE SES ÉTUDES À L'ÉTRANGER.

QUE LUI RÉPONDRE ?

➡ *No!* Tu vois, moi aussi je suis bilingue et, pourtant, j'ai étudié en Normandie.

⇨ Ça tombe bien, avec ta mère, on hésitait entre changer la chaudière qui est en panne et te payer une garçonnière à Barcelone.

➡ Quand on a des notes minables et le bac au rattrapage, on étudie dans une ville pourrie de province !

⇨ C'est sûr qu'avec une moyenne de 10,25/20, Yale et Harvard vont se battre pour que tu viennes étudier chez eux.

➡ Tu sais que je ne peux rien te refuser. Je plaisante, je le peux.

VOTRE ADO VOUS DEMANDE PLUS D'ARGENT DE POCHE.

QUE LUI RÉPONDRE ?

⇨ Si tu perds une dent, la petite souris te donnera 2 euros.

➡ Être jeune, c'est une période de la vie, pas une profession.

⇨ Qui dit argent, dit sorties. Qui dit sorties, dit échec scolaire. Qui dit échec scolaire, dit pauvreté. C'est pour te rendre riche que je ne te donne pas d'argent. Merci qui ?

➡ Il y en a qui se font racketter au lycée. Moi, c'est mon lycéen qui me rackette.

⇨ Ton argent de poche est indexé à l'inflation. Je ne suis pas responsable de la politique monétaire de la Banque centrale européenne !

VOTRE ADO VOUS DEMANDE L'AUTORISATION D'ORGANISER UNE FÊTE À LA MAISON.

QUE LUI RÉPONDRE ?

➡ Pas de problème, mais à une condition : que ta mère et moi participions à la soirée. Je vais ressortir ma compilation spéciale années 1980. On va s'éclater !

⇨ Les tornades acnéiques ne sont pas couvertes par notre assurance habitation.

➡ Ça t'embête si j'invite tes oncles, tantes et grands-parents ?

⇨ Tu sais que je ne peux jamais te dire « non ». Ah si, j'ai réussi. Non, non, non, non et non !

➡ Ça t'embête de la décaler de quelques semaines ? Disons... dans 10 ans, quand tu auras ton propre appartement.

VOTRE ADO VOUS DEMANDE DE LUI ACHETER UNE NOUVELLE PAIRE DE SNEAKERS.

QUE LUI RÉPONDRE ?

⇨ C'est quoi, des « sneakers » ? Des céréales au chocolat ?

➡ Tu as 5 paires de baskets et seulement 2 pieds. C'est idiot !

⇨ À 250 euros la paire de baskets, j'espère qu'à ce prix-là, elles seront encore à la mode en 2035 !

➡ Je peux te donner mes vieilles baskets, celles que le chien a déchiquetées.

⇨ Tu ne manques pas d'air, Jordan !

VOTRE ADO VOUS DEMANDE DE LUI ACHETER UN SCOOTER.

QUE LUI RÉPONDRE ?

➡ Tu auras un scooter le jour où... Non, oublie, même ce jour-là, tu n'en auras pas.

⇨ C'est idiot, il n'y a rien de plus cool pour un jeune que de prendre les transports en commun. Ça fait craquer toutes les filles.

➡ Faire du scooter est encore plus dangereux que de se promener avec un T-shirt « I Love USA » dans les rues de Téhéran.

⇨ Moi vivant, tu n'auras pas de scooter. Et j'ai l'intention de vivre très, très longtemps !

➡ Tu auras un scooter à 4 roues, avec 4 places, de la tôle autour et un volant... à 18 ans, quand tu auras ton permis.

VOTRE ADO VOUS ANNONCE QU'IL A PERDU SON TÉLÉPHONE PORTABLE, POUR LA TROISIÈME FOIS CETTE ANNÉE.

QUE LUI RÉPONDRE ?

⇨ Tu les revends pour te faire de l'argent de poche ou quoi ?

➡ OK, je t'en achète un nouveau, de téléphone, mais un filaire, comme ça, tu ne le perdras plus.

⇨ Soit tu te fais racketter et c'est grave, soit tu es complètement débile et c'est pire.

➡ Je l'ajoute à la facture que je t'enverrai le jour de tes 18 ans.

⇨ Ça tombe bien, j'ai retrouvé mon vieux Nokia que j'avais en 2002... Figure-toi qu'il fonctionne encore !

VOTRE ADO VOUS DEMANDE DE L'EMMENER CHEZ LE GYNÉCOLOGUE POUR PRENDRE LA PILULE.

QUE LUI RÉPONDRE ?

➡ Mais pour quoi faire ? Je t'interdis d'avoir une vie sexuelle avant tes 35 ans !

⇨ Chez le pédiatre, oui. Chez le gynéco, non.

➡ J'ai une meilleure idée : t'emmener au couvent.

⇨ Pourquoi est-ce que tu me fais un poisson d'avril un 10 juin ?

➡ Je vais courir 10 km pour me calmer et, après, je reviens te répondre.

VOTRE ADO VOUS DEMANDE QUAND SES SEINS VONT COMMENCER À POUSSER.

QUE LUI RÉPONDRE ?

⇨ Si j'en crois ton patrimoine génétique, je dirai : lorsque tu auras réussi à économiser 10 000 euros.

➡ Le jour où je commencerai à surveiller de près tous les jeunes garçons qui t'approcheront.

⇨ Quand les garçons seront incapables de savoir quelle est la couleur de tes yeux.

➡ Ils pousseront au moment où tu commenceras à ne plus vouloir faire des activités en famille.

⇨ Ta mère attend encore !

VOTRE ADO VOUS DEMANDE D'ACHETER UNE ENCEINTE CONNECTÉE.

QUE LUI RÉPONDRE ?

➡ Pas besoin de Siri ou d'Alexa, ta mère sait tout.

⇨ Je ne veux pas que le gouvernement chinois sache que je préfère Michel Sardou à Jean-Jacques Goldman !

➡ Il y a déjà le GPS dans la voiture et ta mère à la maison. Pas besoin d'une nouvelle voix féminine qui me dise quoi faire.

⇨ Alexa, trouve-moi une excuse pour ne pas acheter d'enceinte connectée.

➡ Tu es si peu populaire que tu as besoin d'un ami virtuel ?

VOTRE ADO VOUS DEMANDE SI VOUS AVEZ DÉJÀ FUMÉ DES JOINTS.

QUE LUI RÉPONDRE ?

⇨ Pourquoi, tu en as ? Qu'est-ce que tu attends pour faire tourner ?

➡ Jamais mais, à ton âge, on me surnommait le Bob Marley d'Orléans.

⇨ Moi, non. Ta mère, oui. Ça explique pourquoi elle est encore un peu perchée.

➡ Non, tu sais, les légumes, ce n'est pas trop mon truc.

⇨ Je comprends maintenant pourquoi ça sent toujours le désodorisant dans ta chambre !

VOTRE ADO VOUS DEMANDE L'AUTORISATION DE PARTIR EN WEEK-END AVEC DES AMIS.

QUE LUI RÉPONDRE ?

➡ C'est d'accord, aucun problème pour nous... À la condition qu'on vienne avec toi pour vous surveiller.

⇨ Qu'est-ce qui a trois lettres, qui commence et qui finit par « N » et qui a un « O » au milieu ?

➡ Pourquoi est-ce que tu poses la question alors que tu connais pertinemment la réponse ?

⇨ Tiens, voilà 100 euros pour t'acheter de l'alcool et de la beuh. Tu y as cru ? File dans ta chambre !

➡ Je savais que j'aurais dû dire à la sage-femme de ne pas couper le cordon ombilical.

VOTRE ADO DE 18 ANS VOUS ANNONCE VOULOIR PRENDRE UNE ANNÉE SABBATIQUE AVANT D'ENTRER À L'UNIVERSITÉ.

QUE LUI RÉPONDRE ?

⇨ Ça fait déjà quatre ans que tu glandes au lycée ! On peut considérer ça comme des années sabbatiques, non ?

➡ Tiens, voici 10 000 euros en billets magiques, achète-toi une licorne et pars explorer le monde imaginaire du pays des « Même pas en rêve, petit con ».

⇨ Prends 5 minutes sabbatiques, histoire de changer d'avis avant que je ne te le fasse regretter.

➡ À mon époque, ça s'appelait le service militaire.

⇨ Je suis sûr qu'aller te droguer aux quatre coins de la planète va beaucoup t'aider pour tes futures études.

TOUTES LES RÉPONSES À TOUTES LES QUESTIONS…

EN VOITURE

« Le chauffeur est, de loin, la partie la plus dangereuse de l'automobile. »

Léo Campion

UN AGENT DE POLICE VOUS DEMANDE POURQUOI VOUS ROULEZ À CONTRESENS DANS UNE RUE À SENS UNIQUE.

QUE LUI RÉPONDRE ?

➡ Je suis anglais. C'est normal, que je roule à l'envers !

⇨ Quand j'ai emprunté la voie, le panneau n'était pas là.

➡ Excusez-moi, c'est juste que je suis un peu bourré.

⇨ Je ne vous aurais pas déjà vu dans une émission sur les gendarmes à la télé ? On fait un selfie ?

➡ Je suis un agent secret et j'essaye d'éviter un attentat terroriste.

ALORS QUE VOUS VENIEZ POUR UN SIMPLE CONTRÔLE, LE GARAGISTE VOUS ANNONCE QU'IL FAUT CHANGER LA DISTRIBUTION, LA BATTERIE, LES AMORTISSEURS, LES PLAQUETTES DE FREIN...

QUE LUI RÉPONDRE ?

⇨ Si je vous comprends bien, à part l'autoradio, rien ne fonctionne ?

➡ Le mieux, c'est que je fasse directement virer mon salaire sur votre compte.

⇨ Si ça ne vous dérange pas, je vais quand même demander son avis à un deuxième escroc.

➡ Je me demande pourquoi on pousse les gens à devenir chirurgien, alors que garagiste rapporte bien plus.

⇨ Vous venez de faire ce qu'Anne Hidalgo essaye de faire avec les Parisiens depuis son élection : me dégoûter de la voiture.

VOTRE FEMME VOUS DEMANDE POURQUOI VOUS VOULEZ ENCORE CHANGER DE VOITURE.

QUE LUI RÉPONDRE ?

➡ J'ai déjà une femme d'occasion, laisse-moi au moins avoir une voiture neuve !

⇨ À quoi est-ce que ça sert de faire des économies pour payer de futures études aux enfants ? On sait, toi et moi, que ce ne sont pas des lumières.

➡ Je suis fétichiste de l'odeur de voitures neuves.

⇨ Tu aimes les sacs à main, et moi, les voitures. Chacun son truc.

➡ Ma voiture a déjà 2 ans, c'est presque une dangereuse antiquité.

SUR LE BORD DE LA ROUTE, UNE JEUNE FEMME VOUS DEMANDE DE L'AIDER À CHANGER SA ROUE.

QUE LUI RÉPONDRE ?

⇨ Je ne sais pas changer les roues. En général, je demande à ma femme.

➡ C'est un plan drague ou juste un plan galère ?

⇨ Je vais avoir besoin de l'armature de votre soutien-gorge pour retirer le pneu.

➡ Montez dans ma voiture, je vous dépose.

⇨ Vous vouliez la parité homme-femme, débrouillez-vous !

UN POLICIER VOUS DEMANDE LES PAPIERS DE VOTRE VÉHICULE.

QUE LUI RÉPONDRE ?

➡ Demandez directement au véhicule, plutôt qu'à moi.

⇨ Je n'ai pas mon permis sur moi, mais j'ai ma carte de fidélité Leclerc si ça vous intéresse.

➡ Ciseaux ! Les ciseaux coupent le papier. Vous avez perdu. Vous auriez dû choisir pierre.

⇨ Vous me contrôlez parce que je suis black, c'est ça ? Bon, OK, je ne suis pas black, mais j'ai pris de belles couleurs au soleil, vous ne trouvez pas ?

➡ Écoutez, je suis bourré et fatigué, faisons ça un autre jour.

UN GENDARME VOUS ARRÊTE POUR EXCÈS DE VITESSE.

QUE LUI RÉPONDRE ?

⇨ Comment voulez-vous que la France soit compétitive aux Jeux paralympiques avec votre politique de sécurité routière ?

➡ La vitesse est très relative, je suppose que vous connaissez les travaux d'Einstein sur la relativité ? Si vous avez une heure, je vous l'explique.

⇨ Charles Pasqua, votre ministre, est un ami à moi. J'ai encore dîné avec lui hier soir. Ah bon, il est mort ? En 2015 ?

➡ Ah, c'est 90 et pas 190 ? Ils ne sont pas clairs, vos panneaux !

⇨ Croyez-moi, je n'ai aucune raison de rouler vite ! Je vais dîner chez ma belle-mère !

L'EXAMINATEUR DU PERMIS DE CONDUIRE VOUS DEMANDE À QUOI SERVENT LES BANDES D'ARRÊT D'URGENCE.

QUE LUI RÉPONDRE ?

➡ À doubler par la droite.

⇨ À s'arrêter pour faire une pause pipi.

➡ Je suis radin, je ne prends jamais les autoroutes.

⇨ Ça vous dérange, si je mets la radio ?

➡ C'est la voie sur laquelle il faut rouler quand on est ivre.

VOTRE FILS, QUI VIENT TOUT JUSTE D'OBTENIR SON PERMIS DE CONDUIRE, VOUS DEMANDE DE LUI PRÊTER VOTRE VOITURE TOUTE NEUVE.

QUE LUI RÉPONDRE ?

⇨ Je n'ai plus d'essence, prends celle de ta mère.

➡ Quand on est puceau, on ne commence pas par coucher avec Monica Bellucci.

⇨ Tiens, cadeau ! Voilà 2 euros, prends le bus.

➡ Elle est trop compliquée pour toi, elle a 6 vitesses.

⇨ Demande à ta grand-mère de te prêter son épave... Je veux dire, sa voiture.

VOTRE VOISINE VOUS DEMANDE DE NE PLUS GARER VOTRE VOITURE DEVANT CHEZ ELLE.

QUE LUI RÉPONDRE ?

➡ Ma voiture perd de l'huile et je ne veux pas salir devant chez moi.

⇨ C'est parce que vous êtes une commère, toujours derrière votre fenêtre, que je sais qu'elle sera bien gardée.

➡ Vous devriez être fière, elle est plus belle que la vôtre. Ça vous donne un peu de standing.

⇨ Mon véhicule permet de cacher un peu votre vilain portail.

➡ Je ne savais pas que vous aviez privatisé ce bout de trottoir.

UN POLICIER VOUS DEMANDE POURQUOI VOUS VOUS ÊTES GARÉ SUR UNE PLACE RÉSERVÉE AUX HANDICAPÉS.

QUE LUI RÉPONDRE ?

⇨ Vous avez vu ma femme conduire ? Avouez que c'est un vrai handicap.

➡ Je donne chaque année au Téléthon. J'ai quand même le droit à quelques compensations.

⇨ Ah, c'était ça, le dessin sur le panneau !

➡ Parce qu'il y a toujours de la place.

⇨ Parce que, depuis le succès du film *Intouchables*, les handicapés se croient tout permis.

VOTRE FEMME VOUS ANNONCE QU'ELLE A « UN PEU » RAYÉ LA PORTIÈRE DE LA VOITURE.

QUE LUI RÉPONDRE ?

➡ Ce n'est pas à moi que ce serait arrivé !

⇨ Tu devais encore être en train de te remaquiller !

➡ Il y a plus grave dans la vie, ma puce... Attends, de ma voiture ou de ta voiture ?

⇨ Ce n'est plus une voiture, c'est un zèbre sur roues.

➡ Du coup, je peux en racheter une neuve ?

VOTRE MARI VOUS ANNONCE QU'IL A « UN PEU » RAYÉ LA PORTIÈRE DE LA VOITURE (MAIS CE N'EST PAS SA FAUTE, IL CONDUIT TELLEMENT BIEN).

QUE LUI RÉPONDRE ?

⇨ Ce n'est vraiment pas de chance ! C'est moi qui conduis mal et c'est toi qui as toujours des accidents.

➡ J'imagine que ça n'a rien à voir avec l'apéritif arrosé avec tes copains !

⇨ Tu sais ce qu'on dit : homme au volant...

➡ L'important est qu'il n'y a que ton orgueil de mâle qui ait été blessé.

⇨ Ce doit être un mur qui s'est violemment jeté contre la portière.

TOUTES LES RÉPONSES À TOUTES LES QUESTIONS...

EN VACANCES

« Nous avons hésité un moment entre un divorce ou des vacances. Nous avons pensé que des vacances aux Bermudes, c'est fini en deux semaines, alors qu'un divorce, ça dure toute la vie. »

Woody Allen

VOTRE BELLE-FAMILLE VOUS PROPOSE DE LOUER UNE MAISON POUR TOUTE LA FAMILLE CET ÉTÉ.

QUE LEUR RÉPONDRE ?

➡ Des vacances avec vous, ce ne sont pas vraiment des vacances.

⇨ L'idée de vous voir au petit déjeuner à 8 heures du matin en robe de chambre risque de me traumatiser à vie, belle-maman.

➡ Quelle bonne idée ! Je vous envoie votre fille et vos petits-enfants, je ne peux malheureusement pas me joindre à vous, j'ai un séminaire de travail à Pattaya.

⇨ Comment vous dire « non » sans que vous ne vous vexiez, vous et votre caractère de cochon ?

➡ Désolé mais, pour moi, les vacances sont synonymes de « mer », pas de « belle-mère » !

VOTRE MARI VOUS DEMANDE SI VOUS PRÉFÉRERIEZ PARTIR À LA PLAGE OU À LA MONTAGNE, CET ÉTÉ.

QUE LUI RÉPONDRE ?

⇨ Je pense que les 3 kg que j'ai pris cet hiver seront moins visibles à la montagne.

➡ Ça dépend... Si tes parents sont à la mer, allons à la montagne.

⇨ Pars où tu veux avec les enfants. Moi, je pars avec des copines à Ibiza.

➡ La montagne en été, c'est comme Quiberon en janvier : ça n'a aucun intérêt.

⇨ Tu crois que je fais du sport toute l'année pour ne pas pouvoir porter un bikini sur la plage ?

L'HÔTESSE DE L'AIR VOUS DEMANDE SI VOUS PRÉFÉREZ LE POULET OU LE POISSON.

QUE LUI RÉPONDRE ?

➡ De toute façon, c'est tellement mauvais que le poulet a souvent le goût de poisson et le poisson, le goût de carton.

⇨ Que me recommandez-vous avec le très mauvais verre de vin que vous venez de me servir ?

➡ Même aux condamnés à mort, on sert de meilleurs repas.

⇨ Vous avez de la chance de n'avoir aucun restaurant qui vous fasse de la concurrence à moins de 500 km.

➡ Je préfère me faire livrer une pizza. Quelle est l'adresse actuelle de l'avion ?

VOTRE FEMME VOUS DEMANDE SI VOUS VOULEZ PARTIR EN CROISIÈRE.

QUE LUI RÉPONDRE ?

⇨ J'ai appelé la banque, c'est bon, on peut faire une croisière d'une heure sur un Bateau-Mouche.

➡ 1 500 euros pour passer une semaine dans un HLM qui prend l'eau, ce sera sans moi.

⇨ Si on fait déjà tous les trucs de vieux, comment va-t-on s'occuper, une fois à la retraite ?

➡ Tu penses qu'un bateau nous fera oublier les galères de l'année ?

⇨ OK, mais sans moi. N'oublie pas que sur un bateau, ce sont les femmes et les enfants d'abord.

VOS ENFANTS VOUS TANNENT POUR PARTIR AUX SPORTS D'HIVER.

QUE LEUR RÉPONDRE ?

➡ 3 000 euros pour se péter la jambe, ce n'est pas ma conception des vacances.

⇨ Vous ne préférez pas aller chez mamie faire de la luge dans la boue du jardin ?

➡ Dans 30 ans, à cause du réchauffement climatique, il n'y aura plus de neige. Autant vous y habituer dès maintenant.

⇨ Je n'aime pas skier et je déteste la raclette.

➡ Si vous avez une moyenne générale de 19,5/20 au premier trimestre, on ira, je vous le promets.

LE DOUANIER VOUS DEMANDE SI VOUS N'AVEZ RIEN À DÉCLARER.

QUE LUI RÉPONDRE ?

⇨ Je déclare ma flamme à ma femme tous les jours.

➡ Rappelez-moi à combien de kalachnikovs on a le droit, par passager ?

⇨ Moi, je n'ai rien à déclarer, mais je suis sûr que ma belle-mère derrière moi est une mule appartenant à un cartel colombien.

➡ Je suis un flic infiltré dans une organisation criminelle de trafic de cigarettes. C'est pourquoi j'ai trois cartouches et non pas les deux cartouches réglementaires, mais chut ! Secret-défense !

⇨ Je rentre d'Écosse. Que voulez-vous que je ramène de ce pays, à part un rhume et des envies suicidaires ?

VOS COLLÈGUES VOUS DEMANDENT DE LEUR ENVOYER UNE CARTE POSTALE DE VOS VACANCES.

QUE LEUR RÉPONDRE ?

➡ Si je pars en vacances, c'est justement pour ne pas penser à vous.

⇨ Si vous recevez une carte postale avec des doigts d'honneur dessinés, c'est la mienne.

➡ Je n'en envoie déjà plus à ma famille depuis 1995 !

⇨ Pour que le patron me dise que je n'ai pas besoin d'augmentation puisque je peux me payer des vacances ? Non merci !

➡ C'est incroyable ! Même en vacances, vous voulez me donner du travail à faire !

DANS LE TRAIN, LE CONTRÔLEUR VOUS DEMANDE VOTRE BILLET.

QUE LUI RÉPONDRE ?

⇨ Repassez dans 20 minutes. Je suis comme vos trains, toujours en retard.

➡ Qu'est-ce qui me prouve que vous êtes bien un contrôleur et pas un fétichiste des billets de train habillé avec un costume mal taillé ?

⇨ Déjà à l'école, je n'aimais pas les contrôles surprises.

➡ Ça me fait plaisir de vous voir. J'étais à deux doigts de regretter de ne pas avoir resquillé.

⇨ Pas de chance pour moi, je suis tombé sur la semaine annuelle où vous ne faites pas grève !

LE SERVEUR VOUS DEMANDE POURQUOI VOUS NE LUI AVEZ PAS LAISSÉ LE MOINDRE POURBOIRE.

QUE LUI RÉPONDRE ?

➡ Pourquoi, vous avez soif ?

⇨ Je n'ai que des gros billets de 5 euros.

➡ Je ne donne pas de pourboire, parce que je suis de droite et que je paye assez d'impôts.

⇨ C'est vrai qu'à 6 euros le café en terrasse, autant arrondir à 10.

➡ Parce que je suis un touriste et que je ne reviendrai jamais dans ce restaurant, donc quel intérêt pour moi ?

LE SERVEUR VOUS DEMANDE QUELLE CUISSON VOUS DÉSIREZ POUR VOTRE STEAK.

QUE LUI RÉPONDRE ?

⇨ Sur une poêle, avec du beurre. C'est vous, le restaurateur, je ne vais tout de même pas vous donner la recette.

➡ À la fois saignant et bien cuit.

⇨ Pas comme celui de ma femme.

➡ Je veux surtout que le cuisinier se lave les mains et porte un masque.

⇨ Laissez tomber, je vais prendre du poisson.

UN DRAGUEUR LOURD VOUS ACCOSTE DANS LA RUE ET VOUS PROPOSE DE VOUS OFFRIR UN VERRE.

QUE LUI RÉPONDRE ?

➡ Garçon, quelle est la boisson la plus chère que vous ayez à la carte ?

⇨ Merci, je trinque à mon premier jour de liberté. Je sors de 15 ans de prison pour le meurtre de mon ex.

➡ M'offrir un verre ? Comme c'est gentil, moi qui suis une pauvre femme n'ayant pas les moyens de me payer moi-même une boisson.

⇨ OK, mais sans GHB.

➡ Ça a déjà fonctionné une fois dans ta vie, cette accroche ?

VOTRE FEMME INSISTE POUR INSTALLER UNE VRAIE PISCINE DANS LE JARDIN.

QUE LUI RÉPONDRE ?

⇨ Avoir une piscine en Normandie est aussi inutile que d'avoir un congélateur au Groenland.

➡ L'intérêt des piscines, c'est de pouvoir observer de jolies jeunes filles inconnues en maillot de bain. Pas sa femme et ses enfants en train de barboter.

⇨ Je te rappelle qu'on vit en appartement, chérie.

➡ Non, c'est non, OK ?! Je chlore le débat.

⇨ Ça coûte cher, pour le peu de temps qu'on passe dedans. Un peu comme toi, en somme. Lâche ce couteau, chérie...

VOTRE MARI VOUS PROPOSE D'ACHETER UN CAMPING-CAR.

QUE LUI RÉPONDRE ?

➡ Tu n'arrives déjà pas à garer notre Smart, alors un camion !

⇨ Avoir ma maison sur le dos, tu me prends pour un escargot ?

➡ Super ! Dépenser le prix de 500 nuits d'hôtel pour dormir dans un camion glacial garé sur un parking de périphérie... le rêve !

⇨ Prends la route et rejoins-nous en Thaïlande. Les enfants et moi, on prend l'avion.

➡ Deviens routier si tu aimes tant les camions !

TOUTES LES RÉPONSES À TOUTES LES QUESTIONS... DE VOS AMIS

« La caractéristique principale d'un ami est sa capacité à vous décevoir. »

Pierre Desproges

UN AMI VOUS DEMANDE SI VOUS ÊTES LIBRE LE WEEK-END PROCHAIN POUR L'AIDER À DÉMÉNAGER.

QUE LUI RÉPONDRE ?

➡ Le week-end prochain, avec plaisir. Ah non, zut ! Je suis pris le week-end prochain. Ainsi que le suivant, et le suivant, et le suivant, et bien sûr le suivant et ce, jusqu'à ce que tu aies trouvé un autre pigeon pour t'aider.

⇨ Désolé, je suis « cartonophobe » : j'ai une peur phobique des cartons d'emballage.

➡ Je me suis bloqué le dos hier en soulevant ta femme.

⇨ Quand on achète un appartement à 600 000 euros, on peut, peut-être, dépenser quelques euros de plus pour payer des professionnels du déménagement, non ?

➡ C'est un travail de fille. C'est pour ça qu'on les appelle des femmes de ménage.

VOICI 5 NOUVELLES RÉPONSES À DONNER À VOTRE AMI QUI INSISTE LOURDEMENT POUR QUE VOUS L'AIDIEZ À DÉMÉNAGER.

⇨ Tu tiens vraiment à garder tes meubles moches ?

➡ Mais il était bien, ton ancien appartement ! L'insalubrité lui donnait beaucoup de charme...

⇨ Tu fais de la musculation depuis deux ans. Du coup, t'es quand même capable de porter un congélateur tout seul !

➡ Ce n'est pas moi qui t'ai conseillé d'acheter un appartement au cinquième sans ascenseur.

⇨ Je ne peux pas quitter mon domicile, j'ai un bracelet électronique.

VOTRE MEILLEUR AMI VOUS DEMANDE SI VOUS L'AIDERIEZ À CACHER UN CORPS, LE JOUR OÙ...

QUE LUI RÉPONDRE ?

➡ Ne me dis pas que tu es au courant pour ta femme et moi ? Non, je n'ai rien dit.

⇨ Je te rappelle que tu n'es même pas venu me donner un coup de main pour mon déménagement.

➡ Ça dépend, il est lourd ou pas, le cadavre ?

⇨ J'ai toujours rêvé d'avoir un petit rôle dans *Faites entrer l'accusé*.

➡ OK, mais pas ce week-end, je suis à la campagne. Au pire, garde le corps dans le frigo.

UNE AMIE VOUS CONSEILLE DE VOUS INSCRIRE SUR UN SITE DE RENCONTRE.

QUE LUI RÉPONDRE ?

⇨ Comme si je ne recevais pas assez d'e-mails à la con dans ma boîte !

➡ Je n'achète déjà pas mes chaussures sur Internet, alors un mec !

⇨ Depuis l'invention des filtres photos, je me méfie des photos de profil.

➡ C'est bien trop risqué. Imagine que j'y croise mon mari ou, pire, mon ado de fils.

⇨ Je cherche l'amour avec un grand « A », pas avec trois petits « w ».

UN AMI VOUS APPELLE AU TÉLÉPHONE POUR VOUS DEMANDER UN SERVICE.

QUE LUI RÉPONDRE ?

➡ Ça va couper, l'appartement passe sous un tunnel.

⇨ Je t'entends mal, rappelle-moi d'un téléphone fixe dans un mois ou deux.

➡ Le numéro que vous avez demandé n'est plus en service actuellement.

⇨ Vous êtes bien sur mon répondeur, laissez-moi un message après le bip... sauf si vous êtes un ami qui a encore besoin d'un service. Bip !

➡ Un service à thé ?

VOTRE MEILLEUR AMI VOUS DEMANDE D'ÊTRE LE PARRAIN DE SON FILS.

QUE LUI RÉPONDRE ?

⇨ J'ai vu le film, c'est une profession bien trop violente pour moi.

➡ Non, désolé. Si tu meurs, j'aurais mauvaise conscience de le mettre à la DDASS.

⇨ Impossible, il y a 25 % de chances que ce soit moi, le père.

➡ C'est payé combien ?

⇨ Moi, un repère moral ? On se connaît, non ?

UN AMI VOUS DEMANDE EN QUOI VOUS AIMERIEZ ÊTRE RÉINCARNÉ.

QUE LUI RÉPONDRE ?

➡ En lunette de toilette de Beyoncé.

⇨ En chat, pour ne rien faire de mes journées et être traité comme un roi.

➡ Vu mon karma, je ne dois pas m'attendre à une réincarnation prestigieuse.

⇨ Pas en toi, en tout cas. Je suis bien plus ambitieux.

➡ Je ne crois pas en la réincarnation. Je ne suis pas un gogo. Je sais que les Illuminati et Bill Gates récupèrent nos corps pour en faire des robots esclaves et tester des vaccins.

UN AMI DE LYCÉE VOUS RECONTACTE POUR PRENDRE UN VERRE AVEC VOUS.

QUE LUI RÉPONDRE ?

⇨ Je ne suis pas sûr que je te reconnaîtrais... Tu as toujours de l'acné ?

➡ J'ai déménagé, changé de numéro de téléphone et pris un pseudo sur Facebook. Ça devrait te donner une idée de ma réponse.

⇨ Super, je suis tellement nostalgique de l'époque où j'étais pauvre et puceau.

➡ Je suis content que tu sois en vie. Recontacte-moi s'il y a du changement.

⇨ OK, mais à condition que ta vie soit encore plus merdique que la mienne.

VOS AMIS VOUS DEMANDENT POURQUOI VOUS N'ALLEZ PAS VOTER AUX ÉLECTIONS.

QUE LEUR RÉPONDRE ?

➡ Parce que j'ai toujours fait des mauvais choix dans la vie. La preuve, nous sommes amis.

⇨ À chaque fois, je n'ose pas dire non quand on me demande d'aider pour le dépouillement.

➡ Pour moi, le dimanche, c'est sacré. C'est le jour de ma gueule de bois.

⇨ Je refuse d'avoir le même poids électoral qu'un type lambda comme toi.

➡ La dernière fois que j'ai voté, je me suis retrouvé délégué de classe, alors que je ne m'étais même pas présenté. Je ne veux pas prendre le risque de finir à l'Élysée.

UNE COPINE VOUS PROPOSE D'ORGANISER L'ENTERREMENT DE VIE DE JEUNE FILLE D'UNE AMIE EN COMMUN.

QUE LUI RÉPONDRE ?

⇨ Ça tombe bien, je connais un très beau stripteaseur... Enfin, je le connais... Je l'engage juste quand mon mari est en séminaire.

➡ La dernière fois que j'ai organisé ce genre de soirée, on a toutes fini en garde à vue.

⇨ On peut se faire un musée en nocturne ou une expo, si tu veux. Comment ça, tu n'as plus besoin de mon aide ?!

➡ Je vais mettre le feu à la soirée. Ce sera un enterrement et une incinération en même temps !

⇨ C'est son troisième mariage... Je pense qu'elle l'a enterrée depuis longtemps, sa vie de jeune fille !

DES AMIS VOUS INVITENT À LES REJOINDRE DANS UN CAMPING NUDISTE.

QUE LEUR RÉPONDRE ?

➡ C'est génial, Robert, j'ai toujours rêvé de te voir à poil avec Josiane.

⇨ Je ne sais pas si c'est le mot « camping » ou « nudiste » qui me dérange le plus.

➡ Je ne veux pas donner des complexes à tout le monde.

⇨ Faire griller des saucisses à poil risque de me traumatiser à vie.

➡ Bonne idée ! Au moins, comme ça, ma femme ne dira pas qu'elle n'a rien à se mettre.

VOTRE AMIE VOUS ANNONCE QU'ELLE QUITTE MARI ET ENFANTS POUR VIVRE AVEC SON PROF DE FITNESS.

QUE LUI RÉPONDRE ?

⇨ Ah bon ? Tu as enfin trouvé l'âme sueur ?

➡ J'imagine que c'est pour sa conversation, et pas pour sa plastique...

⇨ Si tu préfères le sexe aux week-ends en famille, c'est ton choix. Mais c'est un bon choix.

➡ Félicitations ! Je te souhaite une belle crise de la quarantaine.

⇨ Prends-le en leasing pendant un an ou deux, histoire de tester la marchandise avant de virer ton mari.

UNE BONNE COPINE VOUS DEMANDE CE QUE VOUS PENSEZ DE SON LOOK.

QUE LUI RÉPONDRE ?

➡ Tu me prends pour Cristina Córdula ?

⇨ Parce que t'appelles ça un look ?

➡ Karl Lagerfeld vient de se retourner dans sa tombe.

⇨ Zut ! C'est déjà ce soir, Halloween ?

➡ Rassure-moi, ça ne se vend pas en magasin, ce genre de fringues ?

DES POTES VOUS DEMANDENT DE LES REJOINDRE DANS UN BAR.

QUE LEUR RÉPONDRE ?

⇨ Impossible, j'ai arrêté de boire depuis maintenant 12 heures et 51 minutes.

➡ J'ai promis à ma femme que je ne sortirai pas. Appelle sur le téléphone fixe, fais-toi passer pour mon patron et demande à me parler.

⇨ Impossible, ma femme est enceinte de 9 mois et elle va probablement accoucher cette nuit. Bon, OK, je passe, mais juste une heure ou deux.

➡ J'y suis déjà, c'est moi qui vous y attends.

⇨ Impossible, je garde mes enfants... Bon, en même temps, ils dorment déjà. J'arrive.

UN AMI VOUS DEMANDE DE LUI PRÊTER DE L'ARGENT.

QUE LUI RÉPONDRE ?

➡ Je suis tellement pauvre que ce sont les pigeons qui me jettent des bouts de pain.

⇨ Je ne mélange pas argent et amitié. Je ne veux surtout pas perdre ce qu'on a, Martin... Mathieu, pardon.

➡ Je suis tellement pauvre que dans mes Kinder Surprise, il n'y a plus de surprise.

⇨ Je suis tellement fauché que mon banquier me parle en roumain.

➡ Ça tombe bien que tu me demandes, je voulais moi aussi t'emprunter du blé.

VOTRE MEILLEURE AMIE VOUS ANNONCE QU'ELLE VIENT DE SE FAIRE LARGUER PAR SON COPAIN.

QUE LUI RÉPONDRE ?

⇨ Je te le dis toujours : un de perdu, dix de retrouvés. Et comme ça fait 5 fois que tu te fais larguer en peu de temps, il doit y avoir 50 mecs qui t'attendent au pied de chez toi. C'est mathématique.

➡ C'est une bonne nouvelle. À part sa beauté, son intelligence, sa gentillesse et sa fortune, il n'avait rien pour lui !

⇨ Du coup, ton mec est célibataire ?

➡ Ce n'est pas parce que tu es chiante qu'il avait le droit de te quitter !

⇨ Dis-toi que ça pourrait être pire. Tu pourrais avoir un mec comme le mien.

UN AMI VOUS DEMANDE SI VOUS CROYEZ EN DIEU.

QUE LUI RÉPONDRE ?

➡ Je croirai en Dieu le jour où Dieu croira en moi.

⇨ Ça fait longtemps que j'ai fait une croix sur la religion.

➡ Non, mais ma femme adore se faire prier.

⇨ Je suis catho-musulman-bouddhiste-animiste-juif. Je ne veux prendre aucun risque.

➡ Oui, il y a forcément un Dieu pour avoir créé Margot Robbie, la bière et la pétanque.

UN AMI VOUS DEMANDE S'IL PEUT DORMIR UNE NUIT OU DEUX SUR VOTRE CLIC-CLAC.

QUE LUI RÉPONDRE ?

⇨ Je ne te le conseille pas, tu vas avoir très mal au dos.

➡ Je n'ai aucune envie de voir ta gueule au réveil, te grattant les couilles pendant que je prends mon petit déjeuner.

⇨ Ça aurait été avec plaisir, mais je suis envahi de cafards, de mites, de sauterelles et de scorpions. Il faut vraiment que je fasse venir un spécialiste.

➡ Ce n'est pas marqué « Airbnb » sur mon front.

⇨ Je ne peux pas, j'héberge une famille de migrants afghans en ce moment.

UN AMI VOUS DEMANDE POURQUOI VOUS ÊTES ENCORE CÉLIBATAIRE À 35 ANS.

QUE LUI RÉPONDRE ?

➡ Je sais, ma vie est affreuse. Je sors quand je veux, je couche avec qui je veux. Je t'envie tellement...

⇨ Depuis que je n'ai plus de vie sexuelle, j'ai gagné beaucoup de temps libre.

➡ Je n'ai pas le choix. Le seul homme à mes pieds, c'est mon pédicure.

⇨ J'attends que tu divorces pour pouvoir officialiser ma relation avec ta femme.

➡ Je ne sais pas pourquoi mais, quand les femmes s'aperçoivent que je retourne mon caleçon pour pouvoir le porter deux jours de suite, elles ne me rappellent plus.

UN AMI VOUS PROPOSE DE S'ASSOCIER AVEC VOUS POUR MONTER UNE AFFAIRE.

QUE LUI RÉPONDRE ?

⇨ Si je veux perdre la moitié de ma fortune, je préfère divorcer. Au moins, mon mari ne sera plus là !

➡ Tu n'es pas foutu de monter une armoire IKEA, alors une boîte !

⇨ Comment te faire comprendre que je ne crois pas en ton concept de livraison de pastèques à domicile 24 h/24 ?

➡ Ce n'est pas ton ancien associé que j'ai vu mendier au feu rouge ?

⇨ Écoute, Bill Gates, je ne crois pas en ton idée de logiciel. Ce sera sans moi !

UN AMI VOUS DEMANDE QUEL EST VOTRE SECRET POUR DRAGUER.

QUE LUI RÉPONDRE ?

➡ Demande à ta femme.

⇨ Je plaisante, ne lui demande pas. Ça doit rester entre elle et moi.

➡ C'est vrai que sur TriqueAdvisor, je n'ai que des bons commentaires.

⇨ Les filles, c'est comme les pellicules, il suffit que je porte un costard noir pour qu'elles tombent.

➡ Je suis un romantique. Hier, j'ai dit à une jeune fille : « Je voudrais que tu sois une porte pour pouvoir t'enfoncer toute la nuit. »

UN AMI VOUS DEMANDE POURQUOI VOUS PRÉFÉREZ VIVRE DANS UN PETIT STUDIO À PARIS PLUTÔT QUE DANS UN GRAND APPARTEMENT EN BANLIEUE.

QUE LUI RÉPONDRE ?

⇨ Ça craint tellement en banlieue que même les escaliers sont en cage.

➡ Je ne veux pas avoir comme voisin une ex-star de *Faites entrer l'accusé*.

⇨ Je suis trop émotif pour vivre dans un quartier sensible.

➡ C'est juste que le kebab, je n'en mange pas tous les jours.

⇨ Tu as raison, c'est tellement sympa de prendre un RER à 23 h 30 pour rentrer de soirée pendant que tes potes parisiens s'amusent encore.

UNE AMIE VOUS DEMANDE CE QUE VOUS FAITES SI VOUS DEVENEZ MOCHE DEMAIN.

QUE LUI RÉPONDRE ?

➡ Je ne sais pas, t'as fait comment, toi ?

⇨ Non, sérieusement, comment tu le gères dans la vie de tous les jours ?

➡ Je prierai pour que le coronavirus reste et que le port du masque soit éternel.

⇨ La beauté est avant tout intérieure. J'ai un très bel intestin.

➡ Même moche, je serai plus belle que toi.

UN AMI VOUS INVITE À UNE SOIRÉE POKER.

QUE LUI RÉPONDRE ?

⇨ Si on faisait plutôt des batailles, je ne sais pas jouer au poker.

➡ Pas un strip-poker, je n'ai aucune envie de te voir en caleçon.

⇨ Je me demandais justement comment perdre en même temps 200 euros et une nuit de sommeil.

➡ Il y aura un pigeon ou c'est moi, le pigeon ?

⇨ Je peux venir avec ma femme, la Dame de Pique ?

VOTRE MEILLEURE AMIE VOUS DEMANDE SI ELLE A RAISON D'ÉPOUSER SON PETIT AMI ALORS QU'IL EST VOLAGE.

QUE LUI RÉPONDRE ?

➡ Épouser un homme infidèle, c'est comme la pandémie de coronavirus. Tu découvriras des nouveaux cas chaque jour.

⇨ Tu es sûre qu'il est infidèle ? En tout cas, ce qui est certain, c'est qu'il est vraiment un bon coup.

➡ Les hommes ne changent pas. Regarde mon mec, il y a 20 ans, il était un peu con. Regarde-le maintenant, c'est le même.

⇨ Épouser un homme volage, c'est comme se tirer une balle dans le pied avant de commencer un marathon.

➡ Tu n'as plus qu'à espérer qu'il devienne vieux et moche avec le temps. S'il devient un vieux beau, tu vas morfler toute ta vie.

UN AMI VOUS DEMANDE SI VOUS SERIEZ PRÊT À LUI DONNER UN DE VOS REINS, AU CAS OÙ...

QUE LUI RÉPONDRE ?

⇨ Qu'est-ce que tu ferais avec trois reins ?

➡ Je suis quoi pour toi ? Un ami ou une réserve de pièces de rechange ?

⇨ Non, j'y tiens trop. C'est sentimental, c'est un cadeau de mes parents.

➡ Je te le vends 100 euros le kilo. C'est cher, mais il est imbibé depuis 20 ans au cognac.

⇨ OK mais, en échange, je prendrai ton cœur.

TOUTES LES RÉPONSES À TOUTES LES QUESTIONS…

DES COMMERÇANTS ET AUTRES EMMERDEURS EN TOUS GENRES

« Le voisin est un animal nuisible assez proche de l'homme. »

Pierre Desproges

LE PERCEPTEUR VOUS DEMANDE POURQUOI VOUS AVEZ OUBLIÉ DE DÉCLARER LA MOITIÉ DE VOS REVENUS.

QUE LUI RÉPONDRE ?

➡ Je vais, de ce pas, virer Madoff, mon expert-comptable.

⇨ Quoi ? Il faut déclarer tous les revenus ?

➡ Vous êtes pire que ma femme !

⇨ C'est parce que je suis à moitié amnésique.

➡ J'ai une hernie fiscale. Payer trop d'impôts me fait très mal au cul.

APRÈS UN SINISTRE, VOTRE ASSUREUR VOUS ANNONCE QUE VOUS N'ÉTIEZ PAS ASSURÉ CONTRE LES DÉGÂTS DES EAUX.

QUE LUI RÉPONDRE ?

⇨ Donc, c'est une assurance tous risques, sauf ceux que vous devez rembourser à vos clients ?

➡ Si je mets le feu à vos locaux, je suis couvert ou il y a une franchise ?

⇨ Vous devenez officiellement, pour moi, la profession la plus détestée, loin devant les huissiers, les dentistes et les dictateurs.

➡ Vous aurez des nouvelles de mon avocat ! Les frais de justice sont-ils pris en charge par mon contrat d'assurance, pour vous attaquer ?

⇨ Enculé ! Enfin, je voulais dire qu'à cause de vous, je suis « acculé », connard... Enfin, je veux dire « au revoir ».

UN POLICIER VOUS DEMANDE POURQUOI VOUS NE PORTEZ PAS VOTRE MASQUE.

QUE LUI RÉPONDRE ?

➡ Avec mon masque, mon beau-fils ne me reconnaît pas à la sortie de l'école et hurle qu'on veut l'enlever.

⇨ Si vous aviez mon physique, vous ne voudriez pas le cacher, vous non plus, si ?

➡ Ma mauvaise haleine me donne envie de vomir.

⇨ Je l'ai perdu au strip-poker.

➡ Je suis exhibitionniste. J'aime montrer mon nez aux passants.

VOTRE FACTEUR VOUS DEMANDE SI VOUS VOULEZ ACHETER LE CALENDRIER DE LA POSTE.

QUE LUI RÉPONDRE ?

⇨ Miracle, vous avez trouvé le bouton de la sonnette ! Alors pourquoi ne sonnez-vous jamais quand j'ai un colis ou une lettre recommandée ?

➡ Justement, je me disais qu'il manquait à ma décoration intérieure.

⇨ Les enfants, venez voir le monsieur ! Lui, c'est l'ancêtre de l'e-mail.

➡ J'ai acheté le calendrier 2020 en pensant que ça porterait chance. Résultat : coronavirus, confinement et récession !

⇨ C'est les mêmes chatons en photo dans leur panier depuis 20 ans. Ils doivent être morts, maintenant.

UN ARTISAN DEMANDE QUE VOUS LE PAYIEZ AU BLACK.

QUE LUI RÉPONDRE ?

➡ On ne dit pas « black », on dit « personne de couleur ».

⇨ Il n'y a pas de raison qu'il n'y ait que moi qui paye des impôts.

➡ J'ai oublié de vous dire que je suis contrôleur fiscal.

⇨ Non, par principe et honnêteté, je refuse ce genre de magouilles honteuses et antirépublicaines. À moins, bien sûr, que vous me fassiez une réduction de 20 %.

➡ OK, mais je peux avoir une facture ?

UNE PERSONNE ÂGÉE VOUS DEMANDE SI ELLE PEUT PRENDRE VOTRE PLACE DANS LE BUS.

QUE LUI RÉPONDRE ?

⇨ Ça ne se voit peut-être pas, mais je suis plus âgé que vous.

➡ Qu'est-ce qui me prouve que vous n'êtes pas une ado déguisée en petite vieille ?

⇨ Je paye déjà pour votre retraite.

➡ Vous me faites penser à ma mère. Je suis en froid avec elle.

⇨ J'ai lu dans *Pleine vie Magazine* que c'était bon pour la santé de rester debout dans le bus.

VOTRE COIFFEUR VOUS DEMANDE S'IL NE VOUS A PAS COUPÉ LES CHEVEUX TROP COURTS.

QUE LUI RÉPONDRE ?

➡ Si le service militaire redevenait obligatoire pour les hommes de 40 ans, je n'aurais pas besoin de passer à la tondeuse.

⇨ Coiffeur, c'est votre vrai métier ou bien vous êtes un jardinier paysagiste qui s'emmerde le samedi ?

➡ À cause de vous, je ne vais pas pécho pendant 15 jours... Bon, honnêtement, ça ne va pas changer grand-chose, mais quand même !

⇨ Vous faites l'offre « un bonnet offert pour une coupe ratée » ?

➡ Je voulais la coupe de Brad Pitt, pas celle de Bruce Willis !

VOTRE BABY-SITTER VOUS DEMANDE UNE AUGMENTATION.

QUE LUI RÉPONDRE ?

➡ Plains-toi à ton syndicat des ados exploitées.

⇨ À ton âge, j'étais payé 10 francs de l'heure.

➡ Même Jésus travaillait pour des clous.

⇨ Je refuse pour que tu n'aies pas à payer des impôts. Tu devrais me remercier.

➡ Tu es payée assez pour regarder la télé et appeler tes copines au téléphone. Crois-moi, c'est rare dans le milieu.

VOTRE COIFFEUR VOUS DEMANDE S'IL NE VOUS A PAS COUPÉ LES CHEVEUX TROP COURTS.

QUE LUI RÉPONDRE ?

⇨ Je vais vous tuer et vous ramener à la vie avec un défibrillateur pour pouvoir vous tuer à nouveau.

➡ Non, non, ça tombe bien, j'allais justement commencer une chimio.

⇨ Le fait que je sois en larmes devrait vous donner un petit indice...

➡ Lâchez cette paire de ciseaux sinon vous pouvez être sûr que vous repartirez avec votre bite dans un Tupperware.

⇨ Vous devriez changer le nom du salon et l'appeler « Expédi-tiff ».

WILLIAM SHAKESPEARE VOUS DEMANDE SI « ÊTRE OU NE PAS ÊTRE, TELLE EST LA QUESTION ».

QUE LUI RÉPONDRE ?

⇨ Je t'en pose des questions, moi ?!

➡ Vous n'êtes pas censé être mort il y a plus de 400 ans ?

⇨ Au moins, avec Guillaume Musso, on se prend moins la tête.

➡ « Être » sans hésiter ! À moins que ce ne soit « ne pas être ». Laissez-moi réfléchir.

⇨ Comme dans *Qui veut gagner des millions*, je peux appeler un ami ?

AU RESTAURANT, LE SOMMELIER VOUS DEMANDE DE GOÛTER LE VIN.

QUE LUI RÉPONDRE ?

➡ Si je ne l'aime pas, vous m'offrez la bouteille ?

⇨ Je peux goûter le Château Margaux de la table d'à côté ?

➡ Il manque d'un peu de sucre, votre Petrus.

⇨ Je suis incapable de faire la différence entre un Lafite Rothschild et un Coca Light.

➡ Ne me contredisez pas, j'essaye de séduire cette jeune femme en lui faisant croire que je suis un esthète.

UN DRAGUEUR LOURD VOUS ACCOSTE EN VOUS DEMANDANT SI CETTE CHAISE EST LIBRE.

QUE LUI RÉPONDRE ?

⇨ La chaise, oui. Moi, non.

➡ Vous voyez bien que mon ami imaginaire est assis dessus.

⇨ Elle est réservée pour mon mec, combattant de MMA, qui ne devrait pas tarder à arriver.

➡ OK, mais mettez un masque parce que j'ai le coronavirus.

⇨ Il devrait y avoir des filtres antispams à chaque table.

VOTRE CHIEN VOUS DEMANDE, POUR LA CINQUIÈME FOIS DE LA JOURNÉE, DE LE SORTIR.

QUE LUI RÉPONDRE ?

➡ Wouaf ! Waouaaaf ! (Enfin, si vous avez fait « chien » première langue à l'école.)

⇨ Tu as repéré une chienne dans le quartier ou quoi ?

➡ Je te file les clés de l'appartement. Débrouille-toi et pense à ramasser ta crotte.

⇨ Pourquoi est-ce que je n'ai pas pris un chat ?

➡ On se demande qui est le maître et qui est l'animal domestique.

UN CONTRÔLEUR DE LA RATP VOUS DEMANDE VOTRE TICKET DE MÉTRO.

QUE LUI RÉPONDRE ?

⇨ On se connaît à peine et vous voulez inspecter mon entrejambe ?

➡ J'ai une Carte Orange de 1983. Elle est toujours valide ?

⇨ Parce qu'en plus, on doit payer pour être entassés comme des bêtes dans des rames bondées ?

➡ C'est pour faire du sport que je saute au-dessus des barrières.

⇨ Diantre ! Diable ! Un malotru de pickpocket a dû subtiliser mon ticket dûment acheté.

VOTRE PROFESSEUR VOUS DEMANDE POURQUOI VOUS N'AVEZ PAS RENDU VOTRE DEVOIR.

QUE LUI RÉPONDRE ?

➡ Mon devoir était tellement bon que j'ai eu peur de vous donner des complexes à le corriger.

⇨ Il était tellement pointu et renseigné que les services secrets russes s'en sont emparé durant mon sommeil.

➡ Mon petit frère l'a mangé et digéré. Je vous apporterai sa couche si vous ne me croyez pas.

⇨ Ceci n'est pas une page blanche, mais l'évocation poétique et dadaïste de la disparition de la banquise.

➡ Ne me dites pas que vous l'avez perdu ? Des heures et des heures de travail pour rien ! Je vous en veux beaucoup.

VOTRE CHAUFFEUR DE TAXI VOUS ANNONCE QU'IL VA FAIRE UN DÉTOUR POUR ÉVITER LES EMBOUTEILLAGES.

QUE LUI RÉPONDRE ?

⇨ C'est votre métier, vous n'êtes pas obligé de tout commenter.

➡ Qu'est-ce qui vous fait croire que je n'aime pas les embouteillages ?

⇨ Je ne suis pas pressé de rentrer à la maison. J'ai un mec et trois enfants.

➡ Je vais quand même vérifier sur Waze.

⇨ Roulez sur le trottoir pour aller plus vite. Mais si, vous avez le droit.

UN POLICIER VOUS DEMANDE D'AVOUER VOTRE CRIME.

QUE LUI RÉPONDRE ?

➡ Je pense que vous devriez poser la question à votre avocat, pas un auteur de livres d'humour.

⇨ Si aimer son pays est un crime, alors oui, je suis coupable.

➡ Vous ne voulez pas qu'on attende les caméras de télévision ?

⇨ Je n'ai rien fait. D'ailleurs, je suis fonctionnaire, je passe mes journées à ne rien faire.

➡ Parce que pousser sa belle-mère du cinquième étage, vous appelez ça un crime, vous ?

UN GÉNIE SORT D'UNE LAMPE MAGIQUE ET VOUS PROPOSE TROIS VŒUX.

QUE LUI RÉPONDRE ?

⇨ Il faut vraiment que j'arrête le cannabis. Ah non, ça ne compte pas comme un vœu !

➡ Mon premier vœu : avoir un million d'autres vœux. Comment ça, ce n'est pas dans le deal ?

⇨ Je veux la paix dans le monde. Non, je plaisante, je veux Angelina Jolie dans mon lit.

➡ Je veux être plus riche que Jeff Bezos, mais moins moche que lui.

⇨ Je veux que tu rentres dans ta lampe magique, on n'est pas chez Disney, ici !

VOTRE PROPRIÉTAIRE VOUS DEMANDE DE PAYER VOTRE LOYER.

QUE LUI RÉPONDRE ?

➡ Quoi ? Encore ? Mais vous me l'avez déjà réclamé il y a un mois !

⇨ Devenons amis ! Eh, mon pote, je peux squatter dans ton appartement ?

➡ Je ne suis quasiment pas resté à la maison, le mois dernier. Faites-moi une remise.

⇨ Attendez que les communistes reviennent au pouvoir en 2120, vous ferez moins le malin !

➡ Je vous achète l'appartement un euro symbolique.

UNE PETITE MAMIE VOUS DEMANDE DE L'AIDER À MONTER SES COURSES.

QUE LUI RÉPONDRE ?

⇨ Vous habitez au premier, j'espère ?

➡ Qui vous dit que je ne suis pas un voleur de personnes âgées ? Non, n'appelez pas à l'aide, c'était une hypothèse.

⇨ Ça sent le guet-apens. Vous voulez me violer, c'est ça ?

➡ Pas de problème, je vous joins un RIB, au cas où vous souhaiteriez me mettre sur votre futur testament.

⇨ Mes parents m'ont toujours dit de ne pas parler aux inconnus.

EDF VOUS RELANCE POUR QUE VOUS PAYIEZ VOS FACTURES.

QUE LEUR RÉPONDRE ?

➡ Vous avez tué Claude François et vous osez me réclamer de l'argent ?

⇨ Vous ne servez à rien. Avec ma femme, il y a toujours de l'électricité dans l'air.

➡ L'État français est votre actionnaire. Donc, techniquement, je suis votre actionnaire et, par conséquent, votre patron.

⇨ Je produis moi-même mon électricité en faisant pédaler ma femme et mes enfants.

➡ Je suis contre le nucléaire, les centrales à charbon et les éoliennes.

UN EMPLOYÉ DE LA BIBLIOTHÈQUE MUNICIPALE VOUS APPELLE CAR VOUS AVEZ 3 MOIS DE RETARD SUR UN LIVRE.

QUE LUI RÉPONDRE ?

⇨ Vous savez, c'est un livre de 150 pages. C'est long à lire.

➡ Je me sers de ce livre comme cale pour mon armoire. Si je vous le rends, tout s'effondre.

⇨ Oui, je sais, c'est le Kamasutra, mais nous n'en sommes qu'à la position n° 3, avec ma femme.

➡ Entre les grèves et vos vacances, je ne pensais pas que vous vous en seriez rendu compte.

⇨ J'ai déménagé, depuis. Contactez le nouveau locataire de ma part.

VOTRE ARCHITECTE VOUS DIT QUE VOUS NE POUVEZ PAS ABATTRE UN MUR PORTEUR POUR AGRANDIR VOTRE SALON.

QUE LUI RÉPONDRE ?

➡ Prenons le risque ! De toute façon, je n'aime pas trop mes voisins du dessus.

⇨ Et si le mur tombait par accident ?

➡ On ne le dira à personne, ce sera notre petit secret.

⇨ Si on écoutait les architectes, le mur de Berlin serait encore debout.

➡ Le seul « mûr porteur », c'est mon vieux mari quand il revient les bras chargés de courses.

VOTRE CONSEILLER BANCAIRE ESSAYE DE VOUS FAIRE SOUSCRIRE UNE ASSURANCE HABITATION.

QUE LUI RÉPONDRE ?

⇨ Vous connaissez l'état de mes comptes, alors pourquoi essayez-vous de me vendre quoi que ce soit ?

➡ Je n'aime pas le mélange des genres. Pour moi, un banquier est celui qui m'appelle pour me faire des remontrances, et l'assureur, celui que j'insulte à chaque fois qu'il refuse de me rembourser.

⇨ Pourquoi devrais-je avoir plus confiance en un banquier qu'en un assureur ?

➡ J'ai autant confiance dans des banques qui font assurance qu'en des pizzerias qui ont également une carte de sushis.

⇨ Ce que vous faites, c'est du chantage affectif !

UN INCONNU VOUS DEMANDE SI VOUS POUVEZ LE DÉPANNER D'UNE CIGARETTE.

QUE LUI RÉPONDRE ?

➡ Ça tombe bien, je suis buraliste ambulant, je vends les cigarettes à l'unité. Ça fera 2 euros.

⇨ Fumer rend impuissant et taxer mes cigarettes me casse les couilles.

➡ Je n'ai pas de copine en ce moment, tu peux me dépanner avec ta femme ?

⇨ L'État me ponctionne déjà 90 % du prix du paquet.

➡ Je ne veux pas prendre le risque de te faire attraper un cancer.

VOTRE VOISIN VOUS DEMANDE DE BAISSER LE SON DE VOTRE MUSIQUE.

QUE LUI RÉPONDRE ?

⇨ COMMENT ? QU'EST-CE QUE VOUS DITES ?

➡ Il est peut-être minuit, ici, mais il n'est que 18 heures à New York.

⇨ Je ne dis rien pendant les 5 minutes mensuelles où vous et votre femme faites l'amour.

➡ Je vous offre en exclusivité ma playlist et vous, vous râlez !

⇨ Si vous étiez moins con, je vous aurais volontiers invité à ma soirée.

VOTRE PROFESSEUR D'ANGLAIS VOUS DEMANDE SI VOUS AVEZ BIEN RÉVISÉ LES VERBES IRRÉGULIERS.

QUE LUI RÉPONDRE ?

➡ *¿Habla español?*

⇨ Oui, mais pas de façon régulière.

➡ J'ai révisé en regardant un film de Tarantino en VO. La preuve : « fuck », « fock », « fucken ».

⇨ Et si nous changions cette règle grammaticale absurde ?

➡ J'ai dû choisir entre réviser mon cours et regarder la fin de ma série préférée. Je vous conseille le dernier épisode, il est bluffant.

VOTRE BANQUIER VOUS DEMANDE POURQUOI VOUS ÊTES À DÉCOUVERT.

QUE LUI RÉPONDRE ?

⇨ Je n'aime pas parler d'argent, je trouve ça vulgaire.

➡ Parce que ça me fait plaisir de payer des agios pour enrichir vos actionnaires.

⇨ Ah, c'est un moins ? Pas un petit tiret ?

➡ Je suis naturiste de l'argent, j'aime être à découvert.

⇨ J'attends une future rentrée d'argent. Ma grand-mère est âgée et avec cette pandémie de coronavirus...

ON FRAPPE À VOTRE PORTE ET UN HOMME VOUS PROPOSE DE RÉPONDRE À UN SONDAGE.

QUE LUI RÉPONDRE ?

➡ 50 % de moi n'en a rien à foutre et l'autre moitié a juste envie de vous fermer la porte au nez.

⇨ J'aurais adoré vous répondre, mais je suis, en ce moment, en train de découper le corps d'un de vos collègues dans ma salle de bains.

➡ C'est payé combien ? Pour 20 euros, je vous raconte ce qui vous arrange.

⇨ Attention, je vis avec un chat féroce.

➡ J'en viens presque à regretter les témoins de Jéhovah.

LA CAISSIÈRE VOUS DEMANDE SI VOUS AVEZ UNE CARTE DE FIDÉLITÉ.

QUE LUI RÉPONDRE ?

⇨ Oui, mais vous avez de si beaux yeux que je suis prêt à ne plus l'être.

➡ C'est une question très indiscrète. Ma vie de couple ne regarde que moi.

⇨ J'ai une carte pour les Super U, ça me permet d'avoir une réduc U.

➡ Oui, j'ai 50 cartes. Ce n'est plus un portefeuille dont j'ai besoin, mais d'une valise.

⇨ Non... De toute façon, je ne suis venu chez vous que parce que l'autre magasin est fermé.

UN PROSPECTEUR VOUS APPELLE POUR LA VINGTIÈME FOIS DU MOIS POUR VOUS PARLER D'ISOLATION THERMIQUE.

QUE LUI RÉPONDRE ?

➡ Vous êtes le connard qui m'a appelé la semaine dernière ou l'emmerdeur qui m'a appelé lundi ? J'aime bien mettre un nom sur mes interlocuteurs.

⇨ Allô, Xavier Dupont de Ligonnès à l'appareil, bonjour... Oups ! Je vais être obligé de vous supprimer.

➡ Est-ce que vous vendez des produits pour isoler mon téléphone et empêcher vos appels à la con ?

⇨ J'ai changé de numéro. Maintenant, vous pouvez me joindre au numéro 17.

➡ Donnez-moi votre numéro perso, je vous rappelle dans la journée.

UN SCRUTATEUR VOUS DEMANDE SI VOUS ÊTES LIBRE POUR PARTICIPER AU DÉPOUILLEMENT.

QUE LUI RÉPONDRE ?

⇨ J'aurais adoré mais, à 20 heures, j'applaudis les infirmières. C'est une habitude que j'ai prise en 2020.

➡ J'ai travaillé pendant 20 ans avec les Balkany. Autant dire que je sais bourrer... enfin, je veux dire, compter les urnes.

⇨ Si j'avais plus d'imagination, je vous donnerais une bonne excuse, mais je n'en ai aucune.

➡ Je ne sais ni lire, ni écrire, ni compter.

⇨ Non, merci, dépouiller les votes, ça me casse les urnes.

VOTRE MACHINE À LAVER TOMBE EN PANNE, LE RÉPARATEUR VOUS DIT QUE LA GARANTIE A EXPIRÉ IL Y A UNE SEMAINE.

QUE LUI RÉPONDRE ?

➡ Bah... mais... enfin... mais... ENCULÉ !

⇨ Vous vendez des machines à remonter le temps ?

➡ C'est ce qu'on appelle l'obsolescence programmée, comme dans le mariage.

⇨ Je vais vous attaquer en justice pour « foutage de gueule aggravé ».

➡ Je vais être obligé de faire mes machines chez la jolie voisine d'à côté. Non, chérie, j'y vais, ça ne me dérange pas.

AU MARCHÉ, UN VENDEUR VOUS PROPOSE UN MELON OFFERT POUR DEUX MELONS ACHETÉS.

QUE LUI RÉPONDRE ?

⇨ Je vais juste prendre le melon offert.

➡ J'en déduis que vous les vendez 33,33 % plus cher que le prix de leur valeur.

⇨ C'est dommage que le maire ne m'ait pas fait la même offre le jour de mon mariage.

➡ J'aime le melon, mais de là à en manger matin, midi et soir...

⇨ Si j'en prends un seul, j'ai le droit à un tiers de melon en plus ?

UN ENFANT SONNE À VOTRE PORTE POUR VOUS VENDRE UN BILLET DE TOMBOLA.

QUE LUI RÉPONDRE ?

➡ Il y a combien de millions d'euros à gagner ?

⇨ C'est Halloween ? Non, je me disais aussi que ton déguisement était vraiment nul.

➡ Si je te donne 20 euros au black, tu me files un billet gagnant ?

⇨ Super, j'adore dépenser 20 euros pour avoir peut-être la chance de gagner un lot qui en vaut 5.

➡ Tu vends du shit ?

UN PRÊTRE, AU CONFESSIONNAL, VOUS DEMANDE SI VOUS AVEZ PÊCHÉ.

QUE LUI RÉPONDRE ?

⇨ Oui, une truite, il y a deux mois.

➡ Mais je ne suis pas venu pour parler de mes parties de pêche.

⇨ Ça dépend. Est-ce que tromper, c'est pêcher ?

➡ C'est très indiscret comme question.
Est-ce que je vous demande pourquoi vous portez des robes ?!

⇨ Zut, c'est un confessionnal ! J'étais persuadé que c'était le petit coin.

TOUTES LES RÉPONSES À TOUTES LES QUESTIONS… DE SANTÉ

« On a beau avoir une santé de fer, on finit toujours par rouiller. »

Jacques Prévert

VOTRE MÉDECIN VOUS DEMANDE SI VOUS FAITES RÉGULIÈREMENT DU SPORT.

QUE LUI RÉPONDRE ?

➡ Oui, je marche régulièrement entre chez mon caviste et le bar-tabac.

⇨ Je suis comme un champion olympique. On ne me voit sur un terrain de sport qu'une fois tous les quatre ans.

➡ Les jeux vidéo, ça compte ?

⇨ Comment vous écrivez le mot « sport » ?

➡ Je fais régulièrement des courses... au supermarché.

VOTRE DENTISTE VOUS DEMANDE SI VOUS VOUS BROSSEZ BIEN LES DENTS DEUX FOIS PAR JOUR.

QUE LUI RÉPONDRE ?

⇨ Vous voulez dire, par semaine ?

➡ Les dents jaunes vont bien finir par revenir à la mode, comme au Moyen Âge.

⇨ Embrassez-moi et vous verrez.

➡ Docteur, a-t-on réellement besoin de 32 dents ?

⇨ J'ai un employé de maison chargé de me brosser les dents toutes les heures.

UN AMI VOUS DEMANDE SI VOUS ÊTES POUR OU CONTRE LES VACCINS.

QUE LUI RÉPONDRE ?

➡ Pour. Mais je suis également pour la pénicilline, pour l'électricité, pour l'eau courante.

⇨ Je pense qu'il est grand temps de trouver un vaccin contre l'ignorance.

➡ Je ne suis pas un adepte de la théorie du complot. Sauf celui fomenté par les chats pour diriger les hommes et les asservir.

⇨ Tu sais, j'ai fait du cyclisme professionnel. Les piqûres ne me font pas peur.

➡ Je suis pour tous les vaccins. Si un jour les laboratoires en produisent un contre la gueule de bois, je serai le premier à me le faire inoculer.

LE MÉDECIN VOUS DEMANDE D'OUVRIR GRAND LA BOUCHE ET DE DIRE « A ».

QUE LUI RÉPONDRE ?

⇨ Ah ?

➡ Ah ! Ah ! Ah !

⇨ Je connais toutes les lettres de l'alphabet dans l'ordre.

➡ Ne faites pas attention à mon haleine, j'adore l'ail et le maroilles.

⇨ A-ah !

VOTRE MÉDECIN VOUS DEMANDE À QUAND REMONTE VOTRE DERNIER CHECK-UP.

QUE LUI RÉPONDRE ?

➡ Samedi soir. Avec ma femme, on joue souvent au docteur.

⇨ J'ai lu tous les articles sur Doctissimo. Je viens vous voir parce que je pense avoir le coronavirus, la peste, la tuberculose, la grippe, une gastro et Ebola.

➡ Du « ketchup » ? Oui, j'en mange de temps en temps.

⇨ Non, j'ai trop peur de rater les examens.

➡ Vous ferez une autopsie quand je serai mort.

LA SECRÉTAIRE MÉDICALE DE VOTRE MÉDECIN VOUS ANNONCE QUE LE PROCHAIN RENDEZ-VOUS DISPONIBLE N'EST QUE DANS TROIS MOIS.

QUE LUI RÉPONDRE ?

⇨ Dans trois mois, c'est d'un médecin légiste dont j'aurais besoin.

➡ Je vais me faire cryogéniser en attendant.

⇨ Ouf, ça me rassure, j'ai eu peur que ses rendez-vous soient complets.

➡ Si je ne peux pas venir à ce rendez-vous, ma femme, je veux dire, ma veuve en profitera.

⇨ Je comprends pourquoi on nous appelle les « patients ».

VOTRE COLLÈGUE VOUS DEMANDE SI VOUS NE CONNAISSEZ PAS UN BON CHIROPRACTEUR.

QUE LUI RÉPONDRE ?

➡ Non, mais je peux te conseiller un diététicien.

⇨ J'en ai un mignon, tu vas voir, il va te faire craquer.

➡ Je ne sais même pas comment s'écrit le mot « chiropracteur ».

⇨ J'en ai un très mauvais que j'avais conseillé à ma belle-mère.

➡ Je connais une masseuse thaïe très jolie, mais elle n'est pas remboursée par la sécu.

VOTRE FEMME VOUS DEMANDE DE PRENDRE RENDEZ-VOUS CHEZ LE DENTISTE.

QUE LUI RÉPONDRE ?

⇨ Pas la peine, j'ai déjà lu le *Paris Match* du 30 octobre 2006.

➡ Je préfère encore aller dîner chez ta mère.

⇨ Ce n'est pas la saison des fraises.

➡ À chaque fois que je pleure, le praticien est obligé de me donner une sucette pour que je me calme.

⇨ Il utilise l'anesthésie générale ?

VOTRE MÉDECIN VOUS DEMANDE À QUELLE FRÉQUENCE VOUS CONSOMMEZ DE L'ALCOOL.

QUE LUI RÉPONDRE ?

➡ De manière occasionnelle, dès qu'une occasion se présente.

⇨ Comme tout le monde : matin, midi et soir.

➡ Je ne bois jamais une goutte d'alcool. Attendez, le vin et la bière, ça compte ?

⇨ Je bois quand je suis déprimé et je suis déprimé chaque lendemain de cuite.

➡ Je vais vous montrer une photo de mon mari, vous allez comprendre pourquoi je bois.

VOTRE FEMME VOUS DEMANDE SI VOUS VOULEZ L'ACCOMPAGNER À SES COURS DE YOGA.

QUE LUI RÉPONDRE ?

⇨ Yoga, le Jedi dans *Star Wars* ?

➡ Tu crois que j'ai vraiment envie de me retrouver au milieu de vingt nanas à quatre pattes portant des leggings moulants... Bon, OK, je viens.

⇨ Je viens, mais seulement pour vérifier que tu ne fricotes pas avec le prof.

➡ J'ai déjà mal au dos quand je me lève du canapé, alors en position du lotus !

⇨ La seule chose que j'aime dans la culture indienne, c'est le cheese naan.

VOTRE FEMME VOUS DEMANDE SI VOUS AVEZ RECOMMENCÉ À FUMER EN CACHETTE.

QUE LUI RÉPONDRE ?

➡ Non, j'ai juste changé de parfum : « Tabac froid » de chez Camel.

⇨ Non, c'est juste qu'il y a un fumeur qui a recraché sa fumée dans ma bouche.

➡ Non, et ne t'avise pas d'en parler à mes parents.

⇨ Il n'y a qu'une route qui mène aux poumons, autant bien la goudronner !

➡ Je ne fume pas, c'est juste la flamme dans mon cœur qui brûle pour toi.

UN AMI VOUS DIT QU'IL NE FAUT PAS S'INQUIÉTER DU CORONAVIRUS, QUE CE N'EST QU'UNE GROSSE GRIPPE.

QUE LUI RÉPONDRE ?

⇨ Et la peste bubonique, c'est une grosse acné ?

➡ Je ne savais pas qu'en plus de ton bac pro vente, tu avais fait des études en épidémiologie.

⇨ Je crois que tu passes trop de temps sur Facebook, et pas assez à la bibliothèque.

➡ Tu as lu cette information dans *Je suis un crétin Magazine* ?

⇨ Tu es assez calé pour remplacer le Pr Raoult...

UNE COPINE VOUS PROPOSE DE VOUS INSCRIRE AVEC ELLE DANS UN CLUB DE SPORT.

QUE LUI RÉPONDRE ?

➡ OK, mais je ne suis pas obligée d'y aller, si ?

⇨ J'espère que les profs sont sexy, sinon je vais avoir du mal à me motiver.

➡ Parfait, je cherchais justement un moyen de me donner bonne conscience avant de manger une raclette.

⇨ Non, pour maigrir, rien de tel qu'une gastro. C'est moins fatigant.

➡ Est-ce qu'il y a une cantine ou un snack sur place ?

VOTRE MARI VOUS DEMANDE POURQUOI VOUS N'ARRÊTEZ PAS DE FUMER.

QUE LUI RÉPONDRE ?

⇨ Je ne fume qu'après l'amour, autant dire que depuis notre mariage, j'ai bien diminué.

➡ Je fume pour payer des taxes et contribuer aux finances nationales.

⇨ Fumer est le seul moment où on a le droit de ne pas porter de masque en cas d'épidémie.

➡ Parce que c'est durant la pause clope que je peux apprendre tous les ragots sur mes collègues.

⇨ Parce que c'est « cool de fumer », comme disaient les ados des années 1970.

APRÈS UN ACCOUCHEMENT, LA SAGE-FEMME VOUS PROPOSE DE COUPER LE CORDON OMBILICAL.

QUE LUI RÉPONDRE ?

➡ Je n'ai pas une âme de sous-préfet. Les inaugurations, ce n'est pas mon truc.

⇨ C'est le petit tuyau au-dessus des bourses ? Ah non, pardon, c'est le zizi.

➡ Je peux faire une story Instagram ? Souris, chérie !

⇨ Je ne vais tout de même pas faire le travail à votre place !

➡ Je m'évanouis cinq minutes et je reviens.

TOUTES LES RÉPONSES À TOUTES LES QUESTIONS... SUR LE SEXE

« Le sexe est une des neuf raisons qui plaident en faveur de la réincarnation. Les huit autres sont sans importance. »

Henry Miller

VOTRE COPINE VOUS PROPOSE D'ESSAYER UN CLUB ÉCHANGISTE.

QUE LUI RÉPONDRE ?

➡ Mais pour échanger qui ?

⇨ Je ne suis pas sûr qu'en période de coronavirus, on puisse y faire de la distanciation sociale.

➡ Ah non, j'y suis déjà allé hier.

⇨ Je n'ose déjà pas me déshabiller devant mes potes du foot, alors devant des inconnus !

➡ Mais, chérie, on s'est marié il y a à peine une heure !

VOTRE PETIT AMI VOUS DEMANDE SI ÇA VOUS DÉRANGE DE FAIRE L'AMOUR SANS PRÉSERVATIF.

QUE LUI RÉPONDRE ?

⇨ Pas de capote = seul, tu te tripotes.

➡ OK... De toute façon, je suis immunisé contre le SIDA. Je l'ai déjà eu une fois.

⇨ Tes parents ont eu un enfant et ils regrettent chaque jour de ne pas avoir mis de capote !

➡ Ça impliquera que tu fasses un test et qu'ensuite tu portes une ceinture de chasteté.

⇨ OK, mais on garde les masques, je ne veux pas choper le coronavirus.

VOTRE MARI VOUS DEMANDE SI VOUS VOULEZ JOUER AU DOCTEUR AVEC LUI.

QUE LUI RÉPONDRE ?

➡ Pas de problème, chéri… Mon premier rendez-vous disponible est le 3 mars 2022 à 15 heures.

⇨ Bonjour, monsieur, vous souffrez d'impuissance chronique ?

➡ Passe-moi le caméscope et commençons par une petite coloscopie.

⇨ Je tiens à vous prévenir que je pratique le dépassement d'honoraire.

➡ Alors, je vois sur votre dossier que vous venez pour une castration. C'est bien ça ?

VOTRE FEMME VOUS DEMANDE SI ELLE DEVRAIT SE FAIRE REFAIRE LES SEINS.

QUE LUI RÉPONDRE ?

⇨ « Faire », chérie, pas « refaire ».

➡ Tu sais, Jane Birkin était très populaire dans les années 1970.

⇨ J'adore ton torse... Enfin, je veux dire, tes seins.

➡ Mets une minijupe, comme ça personne ne regardera ton décolleté.

⇨ On doit déjà changer les pare-chocs de la voiture.

VOTRE FEMME VOUS SURPREND DEVANT UN FILM PORNO.

QUE LUI RÉPONDRE ?

➡ Ce n'est pas un porno, chérie, mais un film d'art et des seins.

⇨ Ce n'est pas un porno, c'est un tuto pour apprendre à mieux faire l'amour. Tu devrais m'encourager.

➡ Un porno, tu es sûre ? J'étais persuadé que c'était *Game of Thrones*, mais sans les dragons.

⇨ C'est le chat qui a marché sur le clavier de l'ordinateur. Il a appuyé sur les touches « w », « w », « w », « . », « p », « o », « r », « n », « o », « . », « c », « o », « m », puis sur la touche « entrée ». Il est fort, ce chat !

➡ Tu regardes bien *Top Chef* alors que tu ne sais pas cuisiner !

VOTRE MARI VOUS DEMANDE POURQUOI VOUS NE FAITES PLUS AUSSI SOUVENT L'AMOUR QU'AVANT.

QUE LUI RÉPONDRE ?

⇨ Parle pour toi ! Moi, je baise autant.

➡ Faisons un enfant, on sera tellement épuisés qu'on aura une vraie raison de s'abstenir.

⇨ Avant, on n'avait pas d'argent pour avoir des loisirs.

➡ Il y a 20 ans, j'avais un beau vingtenaire dans mon lit.

⇨ Quand on mange des frites tous les jours pendant 20 ans, on ne supporte plus les frites, si petites soient-elles.

UN DRAGUEUR VOUS DEMANDE QUELLE EST VOTRE POSITION PRÉFÉRÉE.

QUE LUI RÉPONDRE ?

➡ Quand je suis allongée en dessous et qu'au-dessus, il n'y a personne.

⇨ La position du démissionnaire, c'est-à-dire quand j'ai renvoyé un dragueur un peu lourd.

➡ C'est quand le mec a les jambes écartées et que moi, je lui donne un énorme coup de pied dans les c... Tu veux essayer ?

⇨ Désolée, je ne suis pas lesbienne. Ah bon, tu es un homme ?

➡ Le 17, c'est le numéro de téléphone que je compose quand un relou me demande un 69.

VOTRE FEMME VOUS DEMANDE QUEL EST VOTRE PLUS GRAND FANTASME.

QUE LUI RÉPONDRE ?

⇨ C'est toi mon fantasme, chérie… Enfin, si tu avais les fesses de Jennifer Lopez, les seins de Pamela Anderson et le visage d'Angelina Jolie.

➡ Avoir une femme muette quand je regarde la télévision.

⇨ Je ne sais pas, chérie. Depuis que nous sommes ensemble, je n'ai plus aucune libido.

➡ J'aimerais que tu t'habilles en officier nazi et que tu me fouettes avec un poireau… Non ? Alors… en infirmière nazie ?

⇨ Mon plus grand fantasme ? Que le PSG remporte enfin la Ligue des Champions.

VOTRE PETITE AMIE VOUS DIT QU'ELLE NE VEUT PAS FAIRE L'AMOUR AVANT LE MARIAGE.

QUE LUI RÉPONDRE ?

➡ Je comprends... Appelle-moi quand tu seras mariée.

⇨ Tu sais, on pénètre déjà dans des établissements avant même que le préfet ne les inaugure.

➡ Les seules femmes qui doivent rester vierges sont celles nées entre le 23 août et le 22 septembre.

⇨ Où veux-tu que je trouve un curé dispo ce soir à 23 heures ?

➡ Je respecte ton choix, chérie, et je te souhaite une belle vie. Maintenant, casse-toi, il faut que je rappelle une ex.

UN AMI VOUS DEMANDE QUEL EST LE LIEU LE PLUS INSOLITE OÙ VOUS AYEZ FAIT L'AMOUR.

QUE LUI RÉPONDRE ?

⇨ Dans la voiture de ta femme.

➡ Mais non, c'est une blague. Sa Smart est trop petite.

⇨ Chez toi, d'ailleurs, je ne suis pas fan du nouveau papier peint de la chambre.

➡ Je plaisante, bien sûr. J'aime bien ton papier peint.

⇨ Plus sérieusement, le lieu le plus insolite, c'était dans le bureau de ta femme. Heureusement qu'elle ne travaille pas dans un open space.

VOTRE PETIT AMI VOUS DEMANDE SI VOUS AVEZ DÉJÀ EU UNE EXPÉRIENCE LESBIENNE.

QUE LUI RÉPONDRE ?

➡ Non, mais je dois avoir des tendances lesbiennes, mon mec n'est pas viril du tout.

⇨ Pas encore, mais il y a une nouvelle nana au bureau que je me taperais bien.

➡ Tu sais, à la campagne, on s'ennuyait beaucoup avec mes cousines, alors...

⇨ Est-ce que tu peux arrêter de te caresser pendant que je réponds à ta question ?

➡ Je ne sais même pas où ça se trouve, la Lesbie.

VOTRE MARI VOUS DEMANDE S'IL EST UN BON AMANT.

QUE LUI RÉPONDRE ?

⇨ Ne me fais pas rire, je vais avoir le hoquet.

➡ En comparaison avec qui ? Un eunuque nain ?

⇨ Non mais, grâce à toi, je fais bien rire mes copines.

➡ Tu es le meilleur amant de l'immeuble, crois-moi.

⇨ Il n'y a pas que le sexe dans la vie. Tu cuisines très bien les pâtes.

VOTRE PETIT AMI SOUHAITE COUCHER AVEC VOUS APRÈS SEULEMENT DEUX RENDEZ-VOUS.

QUE LUI RÉPONDRE ?

➡ Il fallait me prévenir avant que je reprenne deux fois du dessert.

⇨ Non, sinon tu seras moins motivé pour le troisième rendez-vous.

➡ Désolé, j'ai déjà baisé cet après-midi.

⇨ Mon papa m'a toujours dit de ne jamais coucher au premier rendez-vous, ni au deuxième, ni au troisième... ni au quinzième...

➡ Impossible, ce soir je porte de la lingerie dépareillée.

VOTRE PETITE AMIE SOUHAITE COUCHER AVEC VOUS AU PREMIER RENDEZ-VOUS.

QUE LUI RÉPONDRE ?

⇨ Oui !

➡ Super !

⇨ Je ne couche jamais le premier soir, je n'ai pas la patience d'attendre qu'il fasse nuit.

➡ L'addition, s'il vous plaît ! Vite !

⇨ Je ne suis pas un homme facile. Non, je déconne, je commande un taxi.

VOTRE MARI VOUS DEMANDE SI VOUS VOULEZ FAIRE L'AMOUR.

QUE LUI RÉPONDRE ?

➡ On l'a déjà fait il y a un mois, t'es un vrai obsédé sexuel !

⇨ Pas maintenant, attends la fin de ma série, il ne reste que 80 épisodes.

➡ J'ai oublié de prendre ma pilule. Toujours envie ?

⇨ Ce soir, j'ai une graine. C'est comme une migraine, mais entière.

➡ Tu veux dire, avec toi ?

VOTRE FEMME VOUS SURPREND AU LIT AVEC UNE AUTRE FEMME.

QUE LUI RÉPONDRE ?

⇨ Je te présente Natasha, elle est testeuse professionnelle de literie.

➡ Je te jure que je ne dors pas avec elle.

⇨ Ce n'est pas ce que tu crois ! À moins que tu ne penses que c'est ma maîtresse.

➡ Je ne te trompe pas, je prends des cours de sexe pour être un meilleur amant.

⇨ Pour ton anniversaire, je t'offre un plan à trois ! Ah ? Ce n'est pas ton anniversaire ?

VOTRE FEMME VOUS SURPREND, UNE NOUVELLE FOIS, AU LIT AVEC UNE AUTRE FEMME.

QUE LUI RÉPONDRE ?

➡ Promis, c'est la dernière, après j'arrête.

⇨ Mais… j'étais persuadé que j'étais avec toi ! Il faut vraiment que j'aille chez l'ophtalmo.

➡ C'est parce que je ne veux pas t'user que je me sers d'autres femmes.

⇨ Bon, je vais être encore obligé de t'acheter un bijou.

➡ C'est comme la cigarette, je diminue avant d'arrêter complètement.

VOTRE FEMME VOUS DEMANDE DE LUI FAIRE L'AMOUR SUR LA PLAGE.

QUE LUI RÉPONDRE ?

⇨ Mais, chérie, c'est une plage de galets !

➡ Avec le sable, faire l'amour sur une plage, c'est aussi agréable pour un homme que de se masturber avec du papier de verre.

⇨ Je ne veux pas qu'une mouette me mate.

➡ Ça risque de traumatiser les enfants, non ?

⇨ OK, mais sur un matelas et un sommier dans une pièce fermée.

VOTRE FEMME VOUS SURPREND, UNE TROISIÈME FOIS, AU LIT AVEC UNE AUTRE FEMME.

QUE LUI RÉPONDRE ?

➡ Ne dit-on pas jamais deux sans trois ?

⇨ C'est ce qu'on appelle la loi des séries.

➡ Inutile de te présenter ta sœur...

⇨ J'ai glissé et je suis tombé sur cette pauvre femme.

➡ Avoue qu'elle est canon, ma nouvelle maîtresse ?

VOTRE MARI VOUS DEMANDE SI VOUS AVEZ DÉJÀ SIMULÉ AVEC LUI.

QUE LUI RÉPONDRE ?

⇨ Tu sais ce que je préfère chez toi ? C'est ton sens de l'humour.

➡ Je mériterais de recevoir le César de la meilleure actrice en position horizontale.

⇨ Oh ouiiiii, oh ouiiiiiiiiiiiiiiiiiiiiiiiiii, hum, hummmm, ouiiiiiiiiiiii !

➡ Jamais. Tu sais bien que je suis incapable de mentir.

⇨ Demande-moi plutôt si un jour je n'ai pas simulé.

VOTRE FEMME VOUS DEMANDE AVEC QUELLE CÉLÉBRITÉ VOUS RÊVERIEZ DE COUCHER.

QUE LUI RÉPONDRE ?

➡ Ma seule star, c'est toi.

⇨ Alors, par ordre alphabétique : Jennifer Aniston, Bérénice Béjo, Laetitia Casta, Gérard Depardieu... Quoi ? Mes fantasmes ne regardent que moi !

➡ Est-ce qu'on peut considérer ta sœur comme une célébrité ?

⇨ L'actrice que j'aime bien... tu sais... Comment elle s'appelle, celle avec les gros seins ?

➡ Brigitte Bardot, mais celle d'il y a 50 ans.

VOTRE PETIT AMI VOUS DEMANDE CE QUE VOUS AIMERIEZ FAIRE AVEC SON CORPS.

QUE LUI RÉPONDRE ?

⇨ L'identifier à la morgue.

➡ Lui faire prendre une douche parce que ce soir, il sent très mauvais.

⇨ Qu'est-ce que tu veux que je fasse de ça, c'est pas marqué « Emmaüs » sur mon front.

➡ Le rendre à ta mère.

⇨ Le montrer à mes copines pour les faire marrer.

UN DRAGUEUR VOUS DEMANDE SI, AU LIT, VOUS PRÉFÉREZ ÊTRE AU-DESSUS OU EN DESSOUS.

QUE LUI RÉPONDRE ?

➡ Pourquoi, tu as des lits superposés ?

⇨ Si c'est avec toi, dans la pièce d'à côté.

➡ Vu ton poids, si je veux survivre, je vais choisir au-dessus.

⇨ Tu as zappé une ou deux étapes, non ? Comme me demander mon prénom.

➡ Au-dessus, en dessous, sur le côté, dans des dizaines de positions toutes plus agréables les unes que les autres, mais seulement avec mon mec.

VOTRE MARI VOUS PROPOSE DE FILMER VOS ÉBATS.

QUE LUI RÉPONDRE ?

⇨ Avec toi, ce sera un court-métrage.

➡ Ça ressemblera plus à *La Chèvre* qu'à *Cinquante Nuances de Grey*.

⇨ OK, et avec qui pour jouer le rôle de l'homme ?

➡ Au moins, ça te permettra de repérer toutes les erreurs que tu fais.

⇨ OK, mais dans le noir et sans le son.

VOTRE FEMME VOUS DEMANDE AVEC COMBIEN DE FILLES VOUS AVEZ COUCHÉ AVANT ELLE.

QUE LUI RÉPONDRE ?

➡ Attends, tu veux dire « avant toi », pas « en même temps que toi » ?

⇨ Où est rangée la calculatrice ?

➡ Peu importe le passé, je ne me souviens plus de rien. Il n'y a que toi qui comptes. J'ai oublié depuis longtemps : la belle Marion, la petite Lucile, la rouquine Julie, la jolie petite black de Montpellier, Nadia...

⇨ Avant de te connaître, amour de ma vie, j'étais un autre homme. Mais, putain, qu'est-ce qu'il baisait, cet autre homme !

➡ Aucune, mais qu'est-ce que je me suis tapé comme mecs !

VOTRE MARI VOUS DEMANDE AVEC COMBIEN D'HOMMES VOUS AVEZ COUCHÉ AVANT LUI.

QUE LUI RÉPONDRE ?

⇨ Laisse-moi une heure, histoire de compter.

➡ En comptant les mauvais coups, il n'y a que toi, chéri.

⇨ Les femmes ne tiennent pas ce genre de comptabilité.

➡ En comptant en moyenne 13 cm, disons que j'ai déjà couché avec 1 m 70 de bites.

⇨ Ça tombe bien que tu m'en parles, je compte publier un classement sur ma page Facebook.

QUELQUES PAGES POUR CONSIGNER VOS

MEILLEURES PUNCHLINES